AUTORES

Adolfo Castañón
Ramón Xirau
Enrico Mario Santí
Anthony Stanton
Alberto Ruy Sánchez
Manuel Ulacia
Danubio Torres Fierro
Alejandro Rossi
Hugo J. Verani
Guillermo Sheridan
Teodoro González de León
y Octavio Paz

Octavio Paz
en sus
"Obras completas"

CONSEJO NACIONAL PARA LA CULTURA
Y LAS ARTES

FONDO DE CULTURA ECONÓMICA
MÉXICO

Primera edición, 1994

868
P34xc

Esta obra es una coedición del Consejo Nacional para la Cultura y las Artes
y el Fondo de Cultura Económica

D. R. © 1994, Fondo de Cultura Económica
Carretera Picacho-Ajusco, 227; 14200 México, D. F.

ISBN 968-16-4498-0

Impreso en México

96- 5665
ADA-7175

Las "Obras completas" de Octavio Paz

Entre los propósitos centrales de la política editorial del Fondo de Cultura Económica se encuentra el de la publicación de las obras fundamentales de la literatura mexicana. A esta idea corresponde la colección Letras Mexicanas, que desde su creación ha recogido lo más vivo y actual de la literatura contemporánea de nuestro país. Un objetivo semejante cumple la publicación de las obras completas de las figuras más importantes de nuestras letras: sor Juana Inés de la Cruz, Mariano Azuela, Alfonso Reyes... Dentro de este proyecto, el FCE inició la publicación en 14 tomos de las *Obras completas* de Octavio Paz, premio Cervantes 1981 y premio Nobel de Literatura 1990. Y esa publicación ha coincidido, venturosamente, con la celebración de los 80 años de vida de Paz y la del sexagésimo aniversario de nuestra casa.

La primera versión de estas *Obras completas* vio la luz en el Círculo de Lectores de España, la conocida casa editorial que dirige el doctor Hans Meinke, a quien el FCE agradece su buena disposición y su generosidad para llevar adelante esta empresa. Es digno de señalarse que la edición ha estado al cuidado del autor. En efecto, Octavio Paz no sólo ha ordenado su extensa y variada obra conforme a un doble eje: el temático y, dentro de éste, el cronológico, sino que ha escrito prólogos para cada uno de los tomos. En los prólogos, verdaderos ensayos, precisa sus intenciones al escribir esos textos y describe el contexto intelectual y personal del que han surgido.

Los seis primeros tomos de las *Obras completas* publicadas por nuestro sello *(La casa de la presencia. Poesía e historia; Excursiones/Incursiones. Dominio extranjero; Fundación y disidencia. Dominio hispánico; Generaciones y semblanzas. Domino mexicano; Sor Juana Inés de la Cruz o las trampas de la fe,* y *Los privilegios de la vista I)* fueron presentados los días 6 y 7 de abril de 1994 en el auditorio "Jesús Silva Herzog". Este pequeño libro recoge, según el orden de sus intervenciones, los textos leídos en esa ocasión por Ramón Xirau, Enrico Mario Santí, Anthony Stanton, Manuel Ulacia y Alberto Ruy Sánchez (quienes se refirieron, sobre todo, a los dos primeros tomos), y por Alejandro Rossi (tomo 3), Guillermo Sheridan (tomo 4), Hugo J. Verani (tomo 5) y Teodoro González de León (tomo 6). Esos materiales se complementan con las palabras dichas por Octavio Paz en ambas presentaciones y con las intervenciones de los moderadores de los actos, Adolfo Castañón y Danubio Torres Fierro.

Un hecho múltiple

Adolfo Castañón

LA PRESENTACIÓN de los seis primeros tomos de las *Obras completas* de Octavio Paz que hoy realizamos con motivo de su LXXX aniversario es un hecho de múltiples dimensiones. Es un *motivo de celebración* porque nos permite acercarnos, leer en conjunto, a la persona (literaria) que es obra de esas obras. Es un *acto literario* que ennoblece a las empresas editoriales —el Círculo de Lectores de España y el Fondo de Cultura Económica de México— que lo han promovido y a la literatura mexicana, que tiene en él a uno de sus más altos exponentes. Es también un *hecho cultural* porque Octavio Paz no es ya sólo el nombre de un poeta y escritor mexicano, sino el de un lugar y un espacio de la discusión intelectual dentro y fuera de México. Es también un *hecho histórico* y, desde luego, político, porque esa obra que nace y cristaliza en la poesía desarrolla una lectura de la historia y de la cultura de México y del mundo desde la poesía y sus valores, y nos hace entender así las bases simbólicas en que descansa y se cimenta la sociedad.

Es, en quinto término, un *hecho crítico* porque la obra de Octavio Paz se crea y recrea, gravita, a pesar de la variedad de sus enfoques y de la amplitud de los territorios que

9

cubre —literatura, arte, política, antropología— en torno de un centro, y ese centro es la crítica. Una reflexión que nace de la poesía y que desde ella alcanza una sobriedad, una lucidez de segundo grado. Quizá ésta sea la originalidad central de Octavio Paz: el habernos recordado que la poesía no sólo está en el origen de las sociedades y de las religiones, sino que es un método de conocimiento imparcial y que no pretende explicar el todo por la parte, porque ordena el mundo en función de la percepción verbal y puede así descifrar sin dificultad los lenguajes que cruzan la historia y configuran el saber: el de la historia y el del arte, el de la literatura y el de la religión. La fecundidad de esta imaginación crítica basada en la lectura poética y simbólica de la historia y en la concepción del mundo como un libro cuyas frases, capítulos y repeticiones están al alcance de la mano y sólo esperan al traductor que los interprete no es fortuita. Como tampoco es fortuito su cosmopolitismo, esa voracidad intelectual que ha hecho de Octavio Paz uno de los testigos más vivos de la historia intelectual del siglo XX y de su obra crítica un momento ineludible en la historia del pensamiento en lengua española. La crítica no es en Paz una doctrina sino una gramática, una forma de entender el movimiento de la historia universal.

Esa práctica de la sobriedad crítica que se verifica sobre el mundo y la historia desde la poesía es, naturalmente, una forma de poner a prueba la poesía y de trascenderla a través de una reconciliación del tiempo histórico y del tiempo arquetípico en la que Octavio Paz, el poeta, nos demuestra que el movimiento se demuestra andando y que la poesía y la imaginación crítica convergen en la superación de la fragmentación y la dispersión del mundo, en la identificación del sentido de la historia a través de la búsqueda de sus ritmos y de sus simetrías. Puente y lugar de encuentro, las obras de Octavio Paz no sólo nos proponen una idea del mundo, sino que representan para quien sepa leerlas una conversación y una iniciación, llevan al lector a una inteligencia de la inteligencia, a un saber como saber. Por eso saludamos en ellas el amanecer de nueva cultura.

Palabra en acto

Ramón Xirau

OCTAVIO, esto sigue siendo un homenaje. Recuerdo nuevamente que esta palabra "homenaje" tiene su origen en el
provenzal clásico. Lo tiene en la palabra *omenatge*, tan de
nuestros trovadores de Provenza o, mejor dicho, de tierra
de lengua d'Oc, de lo que ahora llaman Occitania. El *omenatge* era un *vasalleje* y Octavio Paz es un vasallo, un fiel
vasallo libre en su vocación poética, crítica, histórica. Va-
ya así esta fiesta-celebración.

Se nos pide que cada uno de nosotros se refiera a un
volumen de estas *Obras completas*. Me ha tocado el volumen primero. Algo diré de él con, tal vez, alguna escapa-
toria a otros tomos. Se nos asegura que la obra completa de
Octavio Paz constará de 14 volúmenes. Mentira. Esto es imposible porque Octavio sigue escribiendo como siempre y
como siempre con abundancia. Lo cual llevará, en poco tiempo, a más tomos de sus obras completas, verdaderamente
completas (¿16 volúmenes, 17, 18, 20?). Tal vez más.

Los tres primeros tomos de las *Obras* remiten a la teoría
literaria, a la historia de la literatura, a la poesía, a los
poetas. En el primero se abrazan teoría literaria, historia
de la poesía, teoría sobre la historia de la poesía y de la
literatura...

Todos sabemos qué significa "teoría". ¿Lo sabemos de veras? Veo en el excelente *Breve diccionario etimológico de la lengua española,* obra de Guido Gómez de Silva, lo que pudimos suponer: teoría significa "contemplación... acción de observar". Y, claro, teoría es "ver" y "mirar". Las obras teóricas del volumen 1 de estas *Obras* de Paz constituyen una coherente, dinámica, viva sistematización del ver y del mirar, que en efecto no otra cosa es contemplar.

Un análisis serio y profundo de los libros de este primer tomo podría llevarnos a platicar, a hablar, a analizar, días y días. Nos los tenemos. Quedémonos en minutos y minutos.

El tomo se divide en tres partes; la primera reúne *El arco y la lira* (1955), primer gran esfuerzo de Octavio para mirar y ver qué es eso que llama poesía; reúne asimismo *Recopilaciones* (1966) y *La nueva analogía. Poesía y tecnología* (1967). La segunda parte otro libro clave: *Los hijos del limo (del romanticismo a la vanguardia)* (1974). A semejanza de *El arco y la lira,* se trata en estos *Hijos del limo* de una investigación de orden histórico y de un autoanálisis poético.

La parte tercera contiene *La otra voz. Poesía y fin de siglo* (1990). A modo de introducción a la obra de Paz cito —me parecen muy precisas— las palabras del editor español en el prólogo al primer tomo. Leemos que en la obra de Octavio Paz se encontrará "la memoria de los hombres, en una lectura rigurosamente contemporánea: reencuentro con la tradición pero asimismo con los afanes y con las preocupaciones del hombre de nuestro tiempo". Y, ya en palabras de Octavio Paz, leemos: "El poema nos revela lo que somos y nos invita a ser eso que somos."

Eso que somos y eso que, través de la poesía o en ella,

13

verdaderamente somos es tema y fundamento de toda la obra de Octavio Paz.

Quiero recordar dos citas sin comentarlas —¿para qué hacerlo?— sobre el ver y el mirar, porque la poesía es principalmente acto atento, es atención.

Las dos citas son de *Recapitulaciones* (parte de *Corriente alterna*). Dice la primera: "Comprender un poema es oírlo con los ojos; oírlo es verlo con los ojos."

Dice la segunda: "Abrir el poema en busca de *esto* y encontrar *aquello*. Siempre otra cosa."

Paso a algunos breves comentarios acerca de *El arco y la lira*. La pregunta central es: ¿qué es la poesía? Recordemos que la poesía es, en primer lugar, acto y, en este sentido coincide con otras "obras", otros actos humanos. Poesía, actos humanos. Lo decía Octavio Paz, deslumbrantemente, en los dos últimos versos de "Himno entre ruinas":

> Hombre, árbol de imágenes,
> palabras que son flores, que son frutos,
>   que son actos.

Y en efecto, la poesía es fruto, movilidad, acción.

Pues bien, al ser activa, la poesía es igualmente camino y vía privilegiada hacia el conocimiento. ¿Cuál es este conocimiento? Proviene, antes que nada, de la dialéctica, del diálogo, de la palabra pluralmente compartida.

Pero viajemos al tema central de Octavio Paz. El hombre es en su ser "mitad perdida". El conocimiento poético es el intento por recuperar, aunque sea un instante, una luz a la vez fija y pasajera, esta nuestra "mitad perdida". Y esto por tres caminos que, conjugados, son en verdad un solo camino.

La imagen poética, la metáfora, unen opuestos, contrarios, términos contradictorios. Así, resumo lo que dice Paz. Para el sentido común, las piedras son piedras, las plumas son plumas pero el poeta, escándalo para hábitos y razones, dice: "las piedras son plumas". Escindido está el hombre en su soledad. Esta soledad que Octavio Paz, más allá de un Villaurrutia, un José Gorostiza, convirtió en comunión, en unión viva, dinámica. Y esta comunión, ya presente en la imagen poética, se revela ante todo en el amor, en el encuentro de dos seres rotos, separados, que se aúnan para mayor vida, para verdadera vida.

Pero lo sagrado, ¿qué sucede con lo sagrado? Es lo que nos conduce (la imagen es recurrente en *El arco y la lira*) a la "otra orilla", esta "orilla" que muy recientemente Alejandro Rossi ha visto como sacralidad laica o tal vez como religiosidad en esta tierra y de esta tierra, amorosamente soñadas.

Vuelvo a mi tema si es que me he salido en algún momento de él. Sabemos, por *El arco y la lira,* que el poeta nombra el Ser, o para decirlo con Heidegger, que el poeta es el pastor del Ser. Para Octavio Paz, el poeta no se limita a nombrar, sino que revela, muestra. Además, el poeta crea, es el hacedor, es el hombre de la palabra en acto:

> palabras que son flores, que son frutos,
> que son actos.

Octavio Paz ve el mundo poéticamente, sagradamente. En esto no se aleja de algunos aspectos de la nueva ciencia que nos importa tanto a él como a mí. Me refiero a las palabras de un científico, Ilya Prigogine, bioquímico. En su libro *La nueva alianza* dice Prigogine que el hombre, este ser que pertenece a la naturaleza, debe aliarse

15

con ella de manera "poética" y que el científico "debe escuchar poéticamente al mundo". Así, poéticamente, con una lucidez que solamente tiene el poeta —este poeta que es siempre Octavio Paz—.

El poeta, el que hace, el que crea, alcanza mediante la unión viva de los opuestos la "otra orilla" que está en nosotros, la que está en los otros. Tal es uno de los aspectos, acaso el fundamental, de lo que nos muestra Octavio Paz, análisis tras análisis, principalmente en *El arco y la lira*, aunque no sólo en este libro, sino en libros posteriores (me limito aquí a la prosa) como *Corriente alterna, Los signos en rotación, Marcel Duchamp* o *El castillo de la pureza* y el recentísimo *La llama doble*.

Así concluyo y resumo con Octavio Paz, en éstas sus palabras:

El modo de operación del pensamiento poético es la imaginación y ésta consiste, esencialmente, en la facultad de poner en relación realidades contrarias o disímbolas. Todas las formas poéticas y todas las figuras de lenguaje poseen un rasgo en común: buscan, y con frecuencia descubren, semejanzas ocultas entre objetos diferentes. En los casos más extremos, unen a los opuestos. Comparaciones, analogías, metáforas, metonimias y los demás recursos de la poesía: todos tienden a producir imágenes en las que pactan el esto y el aquello, lo uno y lo otro, los muchos y el uno.

Los derechos de la poesía

Enrico Mario Santí

Los organizadores de esta presentación de las *Obras completas* de Octavio Paz me han pedido que haga en 15 minutos una semblanza de la trayectoria intelectual de Paz a lo largo de sus más de 60 años de obra. Mi primera reacción, al enterarme de lo que debería hacer, fue pensar en el título de mi programa de televisión favorito de hace unos años: *Misión imposible.* Pasado el asombro, y una vez resignado a la imposibilidad de mi tarea, pensé que también había justicia en el encargo, puesto que gran parte de lo que tengo que decir en realidad puede reducirse a una sola palabra. Pero antes de pronunciar esa palabra, diré también lo siguiente.

¿Qué podría cualquiera, a las alturas de una obra que abarca 61 años y de una voluminosa recepción crítica como la que Octavio Paz ha recibido, ofrecer hoy como descripción que no suene a hipérbole irreal? Recuerdo que hace unos años, con motivo de un recital de poesía en mi universidad en Washington, me tocó hacer la presentación formal del poeta. Dije entonces, reaccionando un poco en contra de la publicidad que se había distribuido con motivo del recital, que la obra de Octavio Paz no se podía medir únicamente en el contexto de México o América Lati-

17

na, sino en el contexto del mundo entero. Paz es el escritor más importante hoy vivo, dije entonces. Recuerdo también que en el *cocktail* después del recital, un colega del departamento de inglés se me acercó para felicitarme. "Sus palabras", me dijo, "me han hecho pensar y estoy de acuerdo, ¿quién en el mundo se puede comparar con Octavio Paz hoy?" La escena ocurría en 1988, dos años antes de que el premio Nobel confirmase mi afirmación, pero la reacción de mi colega revelaba no sólo mi temeridad, sino las expectaciones a las que se enfrentaba. La pregunta de mi colega en realidad encerraba otra: "¿Quién iba a decir que un mexicano escribiendo en español podría convertirse en el escritor más importante del mundo?"

¿En qué consiste esa importancia, podríamos, a la vez, preguntarnos nosotros? Resulta significativo que la edición de las *Obras completas* de Octavio Paz, a cuyo lanzamiento en México asistimos hoy, consiste en 14 tomos; pero, además, que la edición comienza y termina, a su vez, con tomos que recogen su pensamiento poético y la recopilación de sus poemas, respectivamente. Pocas veces en la historia intelectual de Occidente, y nunca en la de lengua española, un escritor había situado con tanta prominencia a la poesía como marco de un quehacer que desborda los límites de la creación poética o la crítica literaria.

> Mi pasión más antigua y constante ha sido la poesía... La reflexión sobre la poesía y sobre los distintos modos en que se manifiesta la facultad poética se convirtió en una segunda naturaleza. Las dos actividades fueron, desde entonces, inseparables

nos dice en *La casa de la presencia*. Al hacer de la poesía el marco de referencia de toda su obra —que como sabemos pasa, entre otros, por la crítica de arte y literatura, una biografía que es asimismo un cuadro histórico y una reflexión moral, ensayos sobre política y múltiples temas de historia y antropología—, Paz afirma de esta manera el carácter previo y fundacional de la poesía en relación con todos los otros discursos, saberes o disciplinas. La vieja polémica entre poesía y filosofía queda, de esa manera, echada a un lado. La poesía no será ya, como quiso Aristóteles, únicamente "lo que podría ser", a diferencia de la historia, que "es", sino una actividad paralela a la filosofía, o para decirlo en palabras del propio poeta, en su entrevista con mi amigo Alberto Ruy Sánchez,

la poesía, como la filosofía, contempla... es contemplación... es una actividad anfibia... que participa de las aguas movientes de la historia y de la limpidez del movimiento filosófico, pero que no es ni historia ni filosofía. La poesía siempre es concreta, es singular, nunca es abstracta, nunca es general.

La vasta defensa de la poesía por la que se conoce toda la obra de Paz —desde las *Vigilias* de los años treinta hasta *La otra voz* de 1989— y que es como su espina dorsal, hoy adquiere, dentro del marco institucional que le otorga esta edición, otra dimensión, que si bien ha estado presente, hoy se vuelve más precisa. No se trata ya de acudir a la defensa de la poesía contra sus detractores, aun cuando hoy sobreviven muchos de ellos, sino que la poesía, como legítimo discurso del ser humano, tiene el derecho de incursionar en aquellos ámbitos de la civilización que tradicionalmente se habían reservado para otros tipos de saber y que, sobre todo a partir del siglo XVIII, a partir de la llamada Modernidad, habían desplazado el saber poético de la arena de la discusión pública. Los derechos de la poe-

19

sía, que bien podría ser el título de una biografía intelectual de Octavio Paz, denominan el gesto por el cual la poesía como forma de pensamiento retoma, en su obra, su lugar en el mundo.

Para encontrar paralelos a semejante posición habría que remontarse a la obra de Goethe, y en especial su polémica con Kant (y en particular con la *Crítica de la razón pura)*, en la que el poeta alemán abogaba por un "pensar en objetos" así como por el descubrimiento de armonías y analogías entre los procesos creadores de la naturaleza y los del arte. No dudo que haya otros antecedentes igualmente honrosos —la querella entre poesía y filosofía comienza realmente con Platón—. Pero a lo que me quiero referir es que pocas veces en la historia intelectual de Occidente —y estoy consciente de que una vez más se me puede acusar de hiperbólico: tales son los riesgos de la proximidad histórica— nos encontramos ante la obra de un poeta que ha podido articular las cuestiones más fundamentales del ser humano no ya a la altura de otros discursos o disciplinas —desde la política hasta la cosmología—, sino en provecho de ellos.

La preferencia por el discurso marginal que hoy nos resulta tan evidente en un nivel, digamos, macroscópico, en realidad tiene sus raíces en otro nivel, esta vez microscópico, que es como un motivo recurrente dentro de la trayectoria intelectual de Octavio Paz. En México, durante su primera juventud, sus modelos literarios serán los miembros del grupo Contemporáneos, quienes ya para entonces habían sido desahuciados por el cardenismo. En la España republicana encontrará la mejor afinidad entre los poetas de una revista literaria valenciana, *Hora de España*, que constituía como una isla libertaria en el maremágnum de las contiendas de esa guerra. Durante su primer exilio de nueve años se identifica primero, en Estados Unidos, con poetas solitarios como Robert Frost, o con socialistas rezagados, como los que escriben entonces para *Partisan Review*. Luego en París, en un ambiente de posguerra dominada por la revancha del existencialismo, opta por reunirse con viejos surrealistas (como André Breton y Benjamin Péret), ya para entonces miembros de una especie en vías de extinción. De vuelta en México, su presencia casi secreta se hace sentir en grupos minoritarios como fueron *Poesía en voz alta* y la *Revista Mexicana de Literatura*. En la India, en lo que con los años se convertirá en una suerte de segundo exilio, lo fascinará no tanto el hegemónico politeísmo hindú como el budismo, la minoría religiosa del subcontinente, y dentro de este margen otra minoría aún más marginal, el budismo tántrico de las castas más inferiores. Para cuando regresa a México definitivamente en 1971 llevaba casi 10 años de vida itinerante en diversas partes del mundo —Francia, Estados Unidos, Inglaterra— después de su ejemplar renuncia al servicio diplomático mexicano. Y es precisamente la marginalidad solitaria del exilio la que sin duda nutre su prolífica obra en prosa y en verso de esos años. El resto, como sabemos, es historia. Pero cómo olvidar que se trata de una historia cuyo arco e itinerario continúa ese tránsito fecundo del margen al centro, sólo que será un centro que cuestionará su centralismo sin cesar como precaución moral y medida de independencia. "El escritor", dirá en una de las frases más memorables del antiguo *Plural*, y que hoy no podemos leer sin conmovernos ante su sencilla sabiduría, "no habla desde el Palacio Nacional, la tribuna popular o las oficinas del Comité Central: habla desde su cuarto."

He aquí, sin duda, la fuente de la irritación que han sentido aquellos que denuncian el pensamiento de este poeta como un delirio reaccionario, sobre todo cuando las conclusiones lógicas que se derivan de ese pensamiento, como por ejemplo la caída del llamado socialismo real, han resultado tan ciertas, tan reales por así decirlo. Esa irritación, me atrevo a calificarla, no ha sido tanto el normal desacuerdo con las ideas —lo cual ocurre a diario entre ellos— sino el hecho de que lo haya dicho un poeta a partir del lenguaje de fundación y la autenticidad moral que supone esa articulación. En el diálogo sobre la cosa pública —nos dicen estos hijastros de Platón— el poeta no puede hablar sin hacer el ridículo. Y así, confunden el rencor con la crítica, el desacuerdo con la humillación. Y sin embargo, no podemos dejar de preguntarnos dónde acudir, ante el desprestigio de las llamadas ciencias sociales y la barbarie que nos ha tocado vivir durante este siglo que compartimos, sino al análisis del poeta. Para aquellos de nosotros que desde niños hemos vivido en el destierro, para aquellos que nos sentimos desamparados en medio de la gritería y los disparos, para aquellos que nos preocupamos por el mundo que estamos legando a nuestros hijos, la casa de la presencia que nos otorga la obra de Octavio Paz es el refugio donde acudimos a meditar nuestra acción de todos los días.

Pero en realidad yo sólo vine aquí hoy para decir una sola palabra en la que se resume toda la importancia de la trayectoria intelectual de Octavio Paz. Una palabra, agregaré, que ha sido desterrada de nuestro vocabulario crítico, que no se escucha en la recepción crítica que de su obra poética se ha hecho, y por desgracia mucho menos en lo que toca a su crítica moral y política, pero que hoy pronuncio con la admiración de un lector y el cariño de un amigo. Esa palabra es Gracias. Muchas gracias, Octavio, por todo lo que has hecho y sigues haciendo por todos nosotros.

Una poética histórica

QUISIERA empezar felicitando al Fondo de Cultura Económica por esta primorosa entrega de los seis primeros tomos de las *Obras completas* de Octàvio Paz. No es muy común que existan compilaciones de este tipo supervisadas por el propio autor. Es triste recordar, por ejemplo, que a más de 20 años de la muerte de Pablo Neruda no contamos con una edición de sus obras completas. En México, es larga la lista de los autores que no podemos leer en su totalidad. Recalcar la importancia de esta edición no implica convertirla en un monumento a la posteridad: la obra de Octavio paz pertenece a nuestra época y nos habla desde el presente. Sus reflexiones sobre literatura, arte, historia y política tienen una actualidad apremiante: son estímulos para pensar los problemas que nos asedian. Entre el gran abanico que ofrecen sus escritos y entre los tres libros sobre la poesía que conforman el tomo primero de estas *Obras completas,* voy a referirme a *Los hijos del limo.* No es arbitraria mi selección: la poesía, tanto en la vertiente creadora como en la reflexiva, constituye el centro de la obra de Paz. Y digo esto plenamente consciente de que la parte más leída de sus escritos son los ensayos sobre historia y política. La prosa tiene más lectores que la poesía, pero esta condena a la marginación es también una bendición: como no tiene un valor mercantil y no está sujeta a las modas efímeras, la poesía está obligada a ser, en palabras de Paz, la *otra voz*, la voz de los otros y de lo otro: de las zonas sumergidas, olvidadas o censuradas. Esta voz cercana viene de lejos, de un comienzo que es siempre un presente, del lugar de lo más hondo y perdurable, de lo que está a contratiempo del tiempo. Por eso la función del auténtico poeta es incómoda y no es menor la soledad del poeta consagrado, porque su marginalidad es consustancial a su tarea.

El arco y la lira, *Los hijos del limo* y *La otra voz* son únicos en más de un sentido. En primer lugar, porque casi no tienen antecedentes ni en México ni en la tradición hispánica. *Los hijos del limo* es una de las contadas contribuciones hispánicas al estudio de la literatura comparada. Este ensayo imprescindible, que fue originalmente una serie de conferencias dictadas en la Universidad de Harvard en 1972, examina el desarrollo de la poesía moderna como un sistema unitario hecho de oposiciones internas. Su tema central es la modernidad, una obsesión que atraviesa la producción del autor, dándole coherencia y unidad, tendiendo puentes entre poesía y poética, estética e historia, política y moral. Aunque el libro analiza una parte de la poesía de Occidente, el objeto de estudio es inseparable de la modernidad en el sentido más amplio, una modernidad inclusiva, abierta a otras tradiciones.

La poética histórica se presenta mediante tres cortes sincrónicos: el nacimiento del romanticismo en Alemania e Inglaterra, su mutación en el simbolismo francés (y en el modernismo, su "traducción" hispánica) y, finalmente, su culminación en las vanguardias del siglo XX. La convicción básica del autor es que la poesía moderna de Occidente constituye una *unidad* y, por lo tanto, existe una *continuidad* profunda entre los tres episodios de esta aventura. Paz entiende por modernidad una tradición intelectual que nace en el siglo XVIII con la Ilustración. Este nuevo racionalismo crítico construye utopías en los espacios vacíos antes ocupados por la teología, la metafísica y el absolutismo religioso y político. Las invenciones de la crítica —progreso, revolución, democracia, ciencia— son "sueños de la razón" que presuponen una nueva concepción temporal. La edad moderna rechaza tanto el tiempo cíclico de los primitivos como la eternidad cristiana e inaugura un tiempo lineal, sucesivo, irrepetible. Su piedra de toque es el cambio; su espacio de realización, el futuro.

Pero ¿en qué consiste la modernidad *literaria?* La respuesta es ambigua. El romanticismo inaugura una concepción crítica del arte: crítica del mundo y crítica de sí mismo. La modernidad de la literatura moderna es antimoderna: "Desde su origen la poesía moderna ha sido una reacción frente, hacia y contra la modernidad: la Ilustración, la razón crítica, el liberalismo, el positivismo y el marxismo." De ahí que el romanticismo haya intentado rescatar "un principio anterior a la modernidad y antagónico a ella... principio anterior a la historia, la revelación de una palabra original de fundación".

Atraviesan el libro oposiciones recurrentes expresadas por varios pares de términos, dos de los cuales son fundamentales: analogía e ironía; religión y revolución. La relación de la poesía moderna con cada uno de estos principios es ambigua y polémica, hecha de atracción y repulsión, identificación y separación. Ante las ortodoxias sistemáticas, sean religiosas o políticas, opone una heterodoxia: "La poesía romántica —dice Paz— es revolucionaria no *con*, sino *frente a* las revoluciones del siglo; y su religiosi-

25

dad es una transgresión de las religiones." La oscilación de los románticos entre una actitud inicial de ferviente apoyo al ideal de la Revolución francesa y un sentimiento posterior de desencanto por la degeneración del sueño libertario en la pesadilla del terror, se reproducen en la reacción de las vanguardias frente a la Revolución bolchevique: entusiasmo seguido por desengaño.

El otro polo magnético es la religión. Los primeros románticos tendieron a identificar poesía y lo sagrado, pero su religión fue una mezcla sincrética de mitos y divinidades paganos con vestigios cristianos. Entre los simbolistas franceses y los modernistas hispanoamericanos se comprueba "una vuelta a la *otra* religión" y, entre los vanguardistas, "un ateísmo religioso, una religiosidad rebelde". La verdadera religión de la poesía moderna es, para Paz, la tradición hermética y su fundamento es la *analogía:* la visión del universo como un sistema de correspondencias. Aun cuando sea posible imaginar excepciones que relativizan la generalización, en términos históricos el argumento es convincente y abre perspectivas: si es cierto que se ha dicho mucho acerca del hermetismo de los simbolistas franceses, hay grandes zonas de la literatura hispánica susceptibles de ser exploradas desde este ángulo. *Sor Juana Inés de la Cruz o las trampas de la fe* es un ejemplo pionero.

Sin embargo, la analogía es un concepto problemático por ser tan amplio y por no ser privativo de la época moderna: está presente en todas las cosmovisiones mágico-religiosas. ¿Cómo puede servir entonces para caracterizar una literatura *moderna?* Lo que distingue a ésta —y aquí Paz sigue a Baudelaire— es la coexistencia de la analogía con otro principio opuesto: la ironía. Entendida como crítica, como conciencia de lo mortal, la ironía es un concepto igualmente difícil de manejar. Si la analogía remite al tiempo cíclico del mito, la ironía remite al tiempo irrepetible de la historia. Viene a ser la fractura en el interior de la armonía analógica: "La poesía moderna es la conciencia de esa disonancia *dentro* de la analogía", escribe Paz.

La analogía es un principio no de identidad, sino de semejanza. Así como la correspondencia implica la existencia previa de diferencias en un mundo heterogéneo, la ironía presupone la unidad o al menos la semejanza (sólo se puede fracturar lo que no está fracturado). La utopía de la literatura moderna se cifra en esta aspiración a un Absoluto inalcanzable, una totalidad contradictoria nunca idéntica a sí misma. Y la obra entera de Octavio Paz ¿no proclama a cada paso su doble y contradictoria afiliación, a la Ilustración y al romanticismo?

La parte final del libro está dedicada a las vanguardias. Paz ve múltiples analogías entre vanguardismo y romanticismo, y sostiene que en ambos se repite la doble atracción heterodoxa hacia la revolución y hacia la *otra* religión. Con las vanguardias la estética del cambio llega a su culminación. La noción paradójica de una tradición de la ruptura, de un arte que se continúa en sus negaciones, presupone una pluralidad de tradiciones en lucha polémica, condenadas a buscar o inventar lo nuevo. El presente vive en función del futuro, pero la multiplicación de ismos entraña una vertiginosa aceleración que se confunde con la inmovilidad. En lugar de describir un ultrahistoricismo iconoclástico, el concepto de "tradición de la ruptura" parece señalar inercia, cansancio y monotonía: toda innovación programada pierde su capacidad de sorprender.

En *Los hijos del limo* el último de los avatares de la modernidad es la llamada "posmodernidad". La crisis de las vanguardias que expresa "el fin de la *idea de arte moder-*

27

no" es sólo un síntoma de una crisis más generalizada de la modernidad, crisis que tiene múltiples manifestaciones que han sido descritas en varios ensayos de Octavio Paz: dudas sobre nuestra concepción lineal del tiempo y de la historia; pérdida de fe en el progreso; conciencia del desastre ecológico; ocaso de la idea clásica de revolución; resurgimiento de ideologías religiosas, minoritarias y nacionalistas. Este diagnóstico del "descrédito del futuro" coincide con muchas obsesiones contemporáneas, pero no creo equivocarme al señalar que la visión de Paz se opone a muchas de las tendencias nihilistas y oscurantistas del pensamiento posmoderno.

El libro termina con una esperanza y una profecía. Frente a la sobrevaloración clásica del pasado y frente al descrédito del futuro, se erige una poética de la presencia. En los escritos últimos de Paz hay dos palabras que definen esta poética: reconciliación y convergencia. El presente como "centro de convergencia de los tiempos"; la reconciliación como aceptación de la otredad que nos constituye. El empleo de la primera persona del plural en las páginas finales crea la impresión de un manifiesto: "Los poetas de la edad que comienza buscamos ese principio invariante que es el fundamento de los cambios... La poesía que comienza ahora, sin comenzar, busca la intersección de los tiempos, el punto de convergencia." Como la crisis de la modernidad rebasa el restringido ámbito del arte, la tarea que realiza atraviesa distintos campos: "Los hombres tendrán muy pronto que edificar una Moral, una Política, una Erótica y una Poética del tiempo presente."

Concluyo y subrayo la dimensión personal de este singular ensayo. El autor nos dice que su visión no quiere ser un estudio imparcial, sino "una exploración de mis orígenes y una tentativa de autodefinición indirecta". Uno de los aspectos más fascinantes del texto es este parecido con el autorretrato, como en aquella parábola de Borges acerca del hombre que quiso dibujar el mundo y encontró que había trazado las líneas de su propia cara. Sería excesivo decir que *Los hijos del limo* es una proyección al plano de la historia literaria de Occidente de una autobiografía poética e intelectual, pero no puedo dejar de señalar que los múltiples conflictos, oposiciones y obsesiones que Paz descubre en la poesía moderna aparecen en su propia vida y obra. Se podría replicar que Paz es un escritor moldeado por la tradición. En este sentido, es natural que el prototipo del poeta moderno descrito en *Los hijos del limo* sea muy parecido al autor del libro, pero, en un hombre que ha vivido con pasión los debates centrales de nuestro tiempo, la línea divisoria entre biografía individual y biografía colectiva se vuelve notoriamente borrosa. Si todos los grandes libros ofrecen enseñanzas, la más perdurable de *Los hijos del limo* ha sido para mí esta capacidad de iluminación recíproca entre el poeta y la tradición. Leyendo a Octavio Paz empecé a comprender la poesía moderna y estoy consciente de que esta tradición no sería la misma sin su obra.

Cuentos y cuentas de un Alarife Nómada

Alberto Ruy Sánchez

Si EL primer volumen de las *Obras completas* de Octavio Paz tiene como tema principal su poética, el segundo también, pero de otra manera. Cada uno de estos dos tiene una arquitectura diferente. En el primero hay un impulso de sistematicidad al que cabe cobijar bajo el techo firme de "Teoría", en este caso, su teoría de la poesía. Una reflexión sistemática no sólo sobre el arte de hacer poesía sino sobre la manera en que él, o el poeta, está en el mundo. De ahí una de las razones del título y subtítulo: *La casa de la presencia. Poesía e historia.*

Hagamos una especie de paralelo geométrico y pensemos en una teoría como un conjunto de axiomas y demostraciones de ellos como en la clásica geometría de Euclides. Pero si el primer volumen pudiera considerarse geometría euclidiana, el segundo se parece más a la geometría desarrollada por esos arquitectos nómadas que planearon y construyeron las catedrales góticas, y que no partían de (o llegaban a) un conjunto de leyes geométricas aplicables universalmente, sino que partían de problemas concretos con los que se iban enfrentando paso a paso y que solucionaban, no con una teoría, sino con la materialidad de sus instrumentos y materiales: el compás, la plomada y la piedra. Geometría euclidiana por un lado, geometría nómada por el otro.

Calificar de nómada además a un libro, le va muy bien cuando el autor lo tituló precisamente *Excursiones/Incursiones. Dominio extranjero.* En él, nuestro constructor nómada se enfrenta, paso a paso, oasis por oasis, al problema de vivir la obra de escritores que escribieron en lenguas diferentes a la nuestra. Vivir la obra es enfrentarse a ella, pensarla, descifrarla, pero sobre todo penetrar en ella con la sensibilidad tanto como con la inteligencia: sentirla de lleno en sus manos, en su cuerpo, en la temporalidad de sus sentidos. Consciente de que, ante la poesía, el cuerpo es un reloj que se detiene.

Como en los dos volúmenes siguientes agrupa las huellas de sus pasos por la literatura de nuestra lengua, en éste encontramos sus soluciones al problema de la traducción. El más técnico, aparentemente, de los problemas que encontramos aquí, es visto como un problema de otra naturaleza: ¿gnóstica?, ¿alquímica? Porque traducir es, más bien, la metamorfosis de una experiencia poética en otra semejante pero nueva.

El ensayo sobre un poeta va acompañado con frecuencia de la traducción de algún poema: doble experiencia nómada. El paseante que es el ensayista, el hombre que se ensaya a sí mismo en los diferentes temas por los que va pasando, se ensaya también como poeta. Crea de nuevo las palabras que un poeta inglés del siglo XVII escribió para una mujer, para poder decirle a otra mujer de ahora:

> A un cielo mahometano me conduces
> Verdad que los espectros van de blanco
> Pero por ti distingo al buen del mal espíritu.
> Uno hiela la sangre, tú la enciendes.

Deja correr mis manos vagabundas
Atrás, arriba, enfrente, abajo y entre,
Mi América encontrada, terranova,
Reino sólo por mí poblado,
Mi venero precioso, mi dominio.
Goces, descubrimientos,
Mi libertad alcanzo entre tus brazos.

En otros casos ensayo y traducción siembran semillas de misterio. El nómada, sin quererlo, nos deja así tarea y nos pone a indagar, a ensayarnos cerca de donde él pasó. El ensayo sobre Apollinaire y su traducción de esa especie de flautista de Hamelin que es *El músico de Saint-Merry*, me dejó durante muchos años clavado el misterio de por qué el efecto mágico del músico sobre las prostitutas de la calle cesaba cuando comenzaban a sonar las campanas de la iglesia de Saint-Merry.

La sencilla luminosidad que rodea la entrevista que el joven Octavio Paz le hace al poeta Robert Frost en su cabaña de Vermont también sembró en mí la sed de tocar algo del universo elemental en el que ambos poetas se encontraron. Me empujó no sólo a leer su poesía, sino a ir más allá de los libros. Por esa semilla, 40 años después me empeñé en hacer la caminata por el bosque, que hacía Frost y que se ha vuelto un recorrido en su memoria, conservado como tal hoy en día.

De esa manera, nuestro Alarife Nómada ha sembrado en nosotros semillas que no son de saber solamente, sino de deseo. Ha hecho que cada uno de sus sitios nos parezca deseable. Y son muchos, y cada uno conduce a otros mil. El demonio de la poesía, que es legión y está aquí y en todas partes, impera en este volumen que lo mismo nos tienta por el Oriente, o más bien, los Orientes, que por el

Norte y el Este. Pero la estrella polar de este libro tiene un centro magnético en gran parte subterráneo, que aflora con fuerza telúrica como una actitud vital, no como una escuela estética: el surrealismo. Referencia obligada para elaborar todo mapa de Octavio Paz, y que lo mismo se relaciona, de muy diferentes maneras (pero siempre presente), con su poesía, su punto de vista sobre el arte y hasta su política: provocación lúcida que siempre remueve el pantano del conformismo en la moral pública.

Cada libro múltiple, como éste, tiene sus propios centros; y luego venimos los lectores llenos de mañas y desvirtuamos su orden para elegir como centro los lugares del libro que afectivamente nos tocan muy adentro. El mío, en estas excursiones/incursiones, es el ensayo y el poema dedicados a Kostas Papaioannou; al leerlos surge en mí, manchada de melancolía, la evocación de un maestro (uno de los más lúcidos que he tenido) y un amigo que ante la cercanía de la muerte elegía el ejemplo de Matisse y hacía un carnaval de lo fugaz de su estancia en la vida. Su sonrisa plena, inteligente, parecía decirnos: una vida veraz es una vida voraz, ya verás.

Del hai-ku al poema extenso, de sus propios recuerdos a sus lecturas e interpretaciones, de los misterios del gnosticismo a los misterios de la amistad, este arquitecto nómada nos ha hecho de letras una construcción gótica, donde la luz entra por los muros como no había entrado antes, gracias a sus invenciones, soluciones, revelaciones. Del poema extenso al hai-ku, lo que leemos en este volumen nos abre los oídos para poder escuchar:

> Lluvia de mayo
> es hoja de papel
> el mundo entero.

La conciliación de los contrarios*

Manuel Ulacia

RARAS veces en nuestra historia de la lengua se ha visto el caso de un poeta tan informado, que igual dialogue con las tradiciones occidentales que con las orientales; que lo mismo traduzca a poetas chinos o japoneses, que a poetas norteamericanos o franceses; que igual escriba una teoría sobre la poesía que un libro donde medite sobre la identidad del mexicano; que lo mismo hable de política nacional e internacional que de literatura o de artes plásticas; que igual escriba una biografía que una obra de teatro. Lo más sorprendente de todo es que Octavio Paz ha sabido integrar la totalidad de su obra de una manera armoniosa y natural.

Un elemento que unifica todos los géneros por él practicados es su poética de la conciliación de los contrarios, la cual opera en todos los planos de su creación. Incluso me atrevería a decir que es la lógica interna de la escritura el motor que la genera. Esta poética está presente tanto en la forma en la que Paz establece sus diálogos intertextuales como en la realización de la misma escritura.

---

* Fragmento de un capítulo de un libro en preparación sobre la obra de Octavio Paz.

En una lectura cuidadosa, el lector podrá percibir que todos los diálogos que Paz establece a lo largo de sus diferentes periodos creativos operan de manera binaria. Esto, sin duda, está relacionado con la forma en la que el poeta percibe y entiende el mundo. Si nos remitimos a sus inicios literarios, observaremos que la atracción por una poesía "pura" y una "comprometida" lo lleva a la formulación de una poética impura. De la misma manera la absorción simultánea, en la década de los años cuarenta, de la tradición moderna de lengua inglesa y del surrealismo lo lleva a escribir un tipo de poesía que mantiene el rigor de la primera y la libertad creativa del segundo. Ese mismo fenómeno se presenta en la forma en la que absorbe el arte, la poesía y el pensamiento de la India y del Extremo Oriente, o la manera en que una y otra vez concilia ciertos postulados vanguardistas con otros clásicos. Este fenómeno intertextual puede ser visto igualmente en sus libros de poesía como en aquellos otros en prosa —ya sean éstos de teoría literaria, crítica o análisis político—.

La conciliación de los contrarios también se presenta en la realización de la escritura misma. En su obra poética esto puede ser vislumbrado en la manera en la que Paz utiliza el lenguaje, el ritmo, la imagen, e incluso en la forma en la que concibe sus temas más recurrentes: el amor, la libertad, la experiencia de lo sagrado, el tiempo. Todos ellos encarnan en su poesía como categorías binarias. Y en su obra en prosa ese fenómeno se da tanto en la forma en la que expone cualquier tema como en el pensamiento que subyace tras ella.

Incluso la poética de la conciliación de los contrarios opera —en la totalidad de su obra— en el modo en el que cada uno de los géneros se constituye en relación con los otros. En el prólogo al primer volumen de las *Obras com-*

pletas, titulado *La casa de la presencia,* Paz nos dice que "muy pronto el hecho de escribir poemas" lo llevó a reflexionar sobre poesía. Y en otro párrafo agrega que, para él, "creación y reflexión" están íntimamente relacionadas, son "vasos comunicantes". Esta doble actividad, de "carácter necesario", lo llevó a incluir en el primer volumen de sus *Obras completas* sus reflexiones sobre la poesía.

Desde sus años de juventud, Octavio Paz adoptó la postura del poeta crítico, como la adoptaron en su momento Luis Cernuda, T. S. Eliot o Paul Valéry. Esta postura, como ya he señalado en otra ocasión, no sólo consiste en asimilar la tradición heredada para que produzca algo nuevo, sino también en meditar sobre el acto mismo de la escritura. Para el poeta crítico, "creación" y "reflexión" son dos actos inseparables que se alimentan mutuamente. Uno no podría existir sin el otro.

En el primer volumen de las *Obras completas,* Paz ha incluido los tres libros fundamentales en los cuales ha meditado sobre la poesía. Me refiero a *El arco y la lira, Los hijos del limo* y *La otra voz.* Si en el primero de ellos reflexiona sobre lo que es el poema, la revelación poética y las relaciones entre poesía e historia,[1] en el segundo, como él mismo lo explica, describe "desde la perspectiva de un poeta hispanoamericano el movimiento poético moderno en su relación contradictoria con lo que llamamos modernidad".[2] Si *Los hijos del limo* se ocupa de la situación de la poesía de aquel periodo que se inicia con el romanticismo y concluye con el ocaso de las vanguardias, en *La*

[1] En la "Introducción" a *El arco y la lira,* Paz dice que en ese libro va a intentar responder a tres preguntas: ¿hay un decir poético —el poema— irreductible a todo otro decir?, ¿qué dicen los poemas?, ¿cómo se comunica el decir poético?

[2] *La casa de la presencia.*

otra voz, retomando algunos de los temas tratados en el anterior, medita ampliamente sobre la situación de la poesía en este final de milenio y sobre su futuro. La escritura de cada uno de esos tres volúmenes corresponde a la culminación de tres etapas diferentes de la obra de Paz.[3] Cada uno de ellos, dentro del conjunto de su obra, puede ser entendido como el testimonio reflexivo de su experiencia poética a lo largo de cada una de esas etapas, así como también el punto de partida renovador hacia otros caminos aún no explorados. Los tres volúmenes conforman una unidad y tienen que ser entendidos no sólo como una de las meditaciones más importantes que se han hecho en la modernidad sobre la poesía, sino también como la teoría poética del poeta que la escribe.

Octavio Paz empezó a reflexionar sobre poesía en la década de los treinta, y desde un principio en sus escritos estuvo presente la poética de la conciliación de los contrarios a la que me he referido antes. En muchos ensayos y textos de esa década, recogidos recientemente en *Primeras letras,* se puede observar la predisposición de nuestro poeta por esta lógica intrínseca a toda su escritura.[4] Sin embargo, va a ser en un ensayo escrito en 1942, titulado "Poesía de soledad y poesía de comunión", donde cristaliza plenamente esa poética. Ese ensayo, fundamental para la comprensión del desarrollo de su obra, tiene que ser en-

[3] *El arco y la lira* coincide con el final del primer periodo creativo del poeta, es decir, el que se inicia en 1932 y termina con la publicación de la primera edición de *Libertad bajo palabra* en 1960. *Los hijos del limo* (1972), con el final de su segunda etapa creativa; Paz escribe ese libro en los Estados Unidos, cuatro años después de haber dejado la India y de haber tenido un cambio importante en su vida. La escritura de *La otra voz* coincide, nuevamente, con el fin de otro periodo importante en la vida del poeta: la conclusión de la Guerra Fría y la obtención del premio Nobel.

[4] Me refiero sobre todo a la serie de textos titulados "Vigilias: diario de un soñador", en *Primeras letras,* Vuelta, México, 1978.

37

tendido como el antecedente de todos los libros que conforman hoy en día *La casa de la presencia*. En ese texto, Paz crea su propia tradición literaria, conformada por pares dicotómicos, en la que se inserta. Partiendo de ejemplos muy específicos encontrados en las obras de autores que hasta ese momento han alimentado su escritura —San Juan, Quevedo, los románticos "herméticos", los simbolistas, los surrealistas y algunos poetas ingleses como Blake y Eliot—, Paz crea un sistema de categorías dicotómicas muy específicas (poder-contemplación, magia-religión, soledad-comunión, inocencia-conciencia), que buscan en su reconciliación la experiencia de lo absoluto.[5]

Cualquier estudioso de la obra de nuestro poeta se preguntará por qué dicho ensayo no aparece incluido en el volumen dedicado a la poética. El mismo Paz, tanto en la "Advertencia a la primera edición" de *El arco y la lira* como en el prólogo a *La casa de la presencia,* se refiere a él como punto de partida hacia su obra posterior.[6] En ese prólogo, a pesar de que afirma que las reflexiones que aparecen en aquel texto le "abrieron un camino", también da a entender que sus conclusiones, a pesar de que no las reprueba enteramente, eran demasiado tajantes y simplistas.[7]

[5] Por ejemplo, si la poesía de San Juan de la Cruz le indica el camino para expresar la experiencia de lo indecible, la de Quevedo le hace afirmar la capacidad crítica de la conciencia, que lleva a esa visión angustiante del mundo que los barrocos llamaron desengaño.

[6] En la "Advertencia a la primera edición" de *El arco y la lira* dice: "Este libro no es sino la maduración, el desarrollo y, en algún punto, la rectificación de aquel lejano texto", y en el prólogo a *La casa de la presencia* se refiere a ese ensayo en términos parecidos.

[7] Allí nos dice: "No lo conseguí pero esas reflexiones me abrieron un camino. Llamé a mi ensayo *Poesía de soledad y poesía de comunión*. Con vehemencia que hoy me hace sonreír pero que no repruebo enteramente, describía el anhelo de comunión que anima a todo verdadero poeta como 'un apetito... un hambre de eternidad y de espacio, sed que no retrocede ante la caí-

Catorce años más tarde, Octavio Paz publica la primera edición de *El arco y la lira*.[8] En ese periodo su obra se ha transformado enormemente. Toda una serie de lecturas que ha hecho en los Estados Unidos, Francia, India y Japón van a cristalizar en la escritura de este libro. El crítico Enrico Mario Santí, en el "Prólogo" a la edición de *Libertad bajo palabra*, nos dice que *El arco y la lira* "constituye un esfuerzo por encontrar las equivalencias entre la temporalidad de la existencia (Heidegger) y la experiencia poética (el surrealismo)". Y en el mismo texto agrega que Paz entiende "la poesía no como revelación del inconsciente, sino del Ser".[9] Partiendo de esa afirmación se puede decir que el pensamiento de Bretón y de Péret, unido al de Heidegger, va a operar dicotómicamente en esta obra. Sin embargo, habría que añadir otras lecturas de suma importancia que también operan de esa forma. Me refiero a aquellas que haría el poeta, por una parte, de la tradición occidental (la española, la francesa y la inglesa, así como también el pensamiento de Hegel, Heidegger y Ortega y Gasset, entre otros) y, por la otra, el arte y la filosofía del Lejano Oriente y de la India. A lo largo de todo el libro aparecen alusiones al Tao, al budismo zen, a los Upanishadas, etc. Incluso, me atrevería a decir que va a ser en este libro donde Paz, por primera vez, va a tratar de una manera teórica el

da... hambre de vida, sí, pero también de muerte... Los poetas han sido los primeros que han revelado que la eternidad y lo absoluto no están más allá de nuestros sentidos, sino en ellos mismos'."

[8] Las diferencias entre la edición de 1956 y la de 1967, revisada y aumentada, han sido estudiadas por Emir Rodríguez Monegal en "Relectura de *El arco y la lira*", *Revista Iberoamericana*, vol. 37, núm. 74, enero-marzo de 1971, pp. 222-230. Otros críticos se han ocupado de estudiarlo. Entre ellos, Anthony Stanton se ha encargado de analizar su gestación a través de la correspondencia que Octavio Paz mantuvo con Alfonso Reyes.

[9] Enrico Mario Santí, "Prólogo" a *Libertad bajo palabra*, Cátedra, Madrid, 1988, p. 48.

tema de las "confluencias y divergencias" entre Occidente y Oriente. Una y otra vez, un sinnúmero de referencias orientales confluyen o divergen con otras occidentales. Los ejemplos son muchos. Es imposible referirme a ellos. Sin embargo, hay que recordar, como bien ha señalado el crítico inglés Anthony Stanton en un ensayo, que Octavio Paz empezaría a escribir *El arco y la lira* —según se puede constatar en la correspondencia que mantiene con Alfonso Reyes— en el momento en que vive por primera vez en la India y el Lejano Oriente, entre 1952 y 1953. Si su experiencia en los Estados Unidos en la década de los años cuarenta lleva a Paz, por contraste cultural, a meditar en *El laberinto de la soledad* sobre los mexicanos, su experiencia en Oriente lo lleva a meditar, en *El arco y la lira*, sobre la poesía en Occidente.

La poética de la conciliación de los contrarios en *El arco y la lira* está presente desde el título. A pesar de que las dos palabras que lo configuran tienen múltiples significados y su combinación sugiere varias lecturas, en todas ellas hay una clara alusión a las dos partes que producen la música o el poema.[10]

Bajo esta perspectiva binaria Paz medita sobre una variedad de temas. Si en la "Introducción" la primera pregunta que el poeta responde es la diferencia entre la poesía y el poema, en los cuatro primeros capítulos que constituyen la primera parte medita sobre lo que es el poema. Si en el capítulo dedicado al "lenguaje" reflexiona sobre las

[10] La palabra "arco" significa, entre otras cosas: "arma con la que se dispara la flecha" (por lo que se deduce, dentro de las lecturas que ofrece el libro, el sentido de la prosa y su blanco: la poesía); "varita con la que se hiere la música en ciertos instrumentos" (las dos partes a las que aludo arriba); "arco que separa un vano de otro" (¿entrada a *La casa de la presencia:* la poesía?). Y la palabra "lira": "instrumento antiguo"; "composición métrica de cinco versos..."; "instante que simboliza la inspiración poética".

40

diferencias que existen entre la palabra y la cosa, el lenguaje y el mito, el creador y el lenguaje, la experiencia mítica y el lenguaje, entre otros temas, en los otros tres, siguiendo la misma lógica, ahonda en lo que es el ritmo, las diferencias entre el verso y la prosa y por último sobre lo que es la imagen. Por ejemplo, al referirse al ritmo dice:

> El lenguaje, como el universo, es un mundo de llamadas y respuestas; flujo y reflujo, unión y separación, inspiración y espiración. Unas palabras se atraen, otras se repelen y todas se corresponden. El habla es un conjunto de seres vivos, movidos por ritmos semejantes a los que rigen a los astros y las plantas.

De igual manera medita sobre el verso y la prosa. A través de una serie de relaciones poéticas parte de la diferenciación de estas dos formas de escritura, para conciliarlas más tarde al pensar en ciertas obras de la tradición moderna. Esta conciliación nos hace pensar en *El arco y la lira*. A pesar de que el libro está escrito en prosa y se propone ser desde un principio teórico, en muchos fragmentos la poesía irrumpe confirmando la conciliación antes referida.

Un mismo pensamiento binario se presenta cuando medita sobre la imagen. Diferenciando aquellas imágenes que no obedecen un orden dialéctico de las que sí lo obedecen, Paz nos dice que, cuando se trata de estas últimas, los contrarios desaparecen en favor de una tercera realidad. Revisando la forma en la que tanto occidentales como orientales han concebido la imagen, llega a la conclusión de que ésta es uno de los elementos que constituyen el ser de la poesía.

La segunda parte del libro, titulada "La revelación poética", trata específicamente de lo que es la experiencia poética. Dado que "el ritmo poético no deja de ofrecer analogías con el tiempo mítico; la imagen con el decir místico; la participación con la alquimia mágica y la comunión religiosa", Paz inserta "el acto poético" en la zona de lo sagrado. Esta parte del libro es fundamental para entender su poética, así como todos los temas que aparecen en su obra. Distintos críticos literarios se han acercado a la obra de nuestro poeta a partir de estas meditaciones. Pienso por ejemplo en Maya Shärer.[11] En su libro *Octavio Paz: trayectorias y visones* la crítica suiza se ocupa precisamente del fenómeno de la trascendencia en la obra del poeta mexicano.

Si en el capítulo llamado "La otra orilla" Paz se ocupa principalmente de reflexionar sobre la capacidad que tiene la poesía de dar el salto precisamente a la otra orilla, es decir, a la "otredad", en el titulado "La revelación poética" establece las "correspondencias" entre religión y poesía, lo divino y la poesía, el amor y lo sublime, el amor y la poesía. Para Paz, "la experiencia poética es una revelación de nuestra condición original. Y esa revelación se resuelve siempre en una creación: la de nosotros mismos". En ese mismo capítulo nos dice que "la poesía nos abre una posibilidad, que no es la vida eterna de las religiones ni la muerte eterna de las filosofías, sino un vivir que implica y contiene al morir, un ser esto que es también un ser aquello". La segunda parte del libro cierra con un capítulo dedicado a la "inspiración". Allí se pregunta "cómo se escriben los poemas". Una vez más, desde una perspectiva binaria, Paz desarrolla el tema. Muy al principio del capítulo nos dice: "El acto de escribir poemas se

[11] Maya Shärer, *Octavio Paz: trayectorias y visiones*, FCE, México, 1991.

ofrece a nuestra mirada como un mundo de fuerzas contrarias, en el que nuestra voz y la otra voz se enlazan y se confunden." Y en otro fragmento añade: "La inspiración es lanzarse a ser, sí, pero también y sobre todo es recordar y volver a ser. *Volver al Ser.*"

En los distintos capítulos que componen la tercera parte de *El arco y la lira*, Paz medita sobre la relación dialéctica que mantiene la poesía con la historia. En el titulado "La consagración del instante" nos dice que el poema es un producto histórico, hijo de un tiempo y un lugar; pero también es algo que trasciende lo histórico y se sitúa en un tiempo anterior a la historia, en el principio del principio. Gracias a esta doble oposición surge el mito y con este último el tiempo de la poesía. Este tema Paz lo va a desarrollar, desde distintas perspectivas, en los capítulos titulados "El mundo heroico", "Ambigüedad de la novela" y "El verbo descarnado".

De alguna manera, la última parte de *El arco y la lira* —incluyendo el iluminador "Epílogo" y los "Apéndices"— funciona como preámbulo a los libros siguientes que terminarían integrando *La casa de la presencia*. Si en *El arco y la lira* Paz concibe el poema como la unidad que logra constituirse por la plena fusión de los contrarios, en *Los hijos del limo* y *La otra voz*, también bajo una perspectiva dialéctica, Paz medita sobre la gran tradición moderna y sobre el futuro de la poesía. *La casa de la presencia* —como obra completa— es uno de los libros más importantes que se han escrito sobre el ser de poesía en nuestro siglo.

Algunos comentarios

Octavio Paz

SERÉ brevísimo. Ya es muy tarde. Además, es imposible resumir los textos leídos en este acto. Adolfo Castañón abrió esta conversación con unas palabras que alían, en su brevedad, dos cualidades casi siempre opuestas: la complejidad y la claridad. Fue un buen principio. El ensayo de Anthony Stanton, a un tiempo hondo e iluminador, verdadera lección crítica, merecería un análisis detallado que yo no puedo ahora emprender. Tampoco soy la persona más indicada para hacerlo. Lo mismo digo frente a las páginas incisivas de Manuel Ulacia, un crítico que nunca olvida que también, sobre todo, es un poeta. La intervención de Alberto Ruy Sánchez abrió una ventana y nos mostró un paisaje en movimiento: el del viaje. En efecto, la poesía es nómada y explora tierras desconocidas. Pero Ramón Xirau nos recordó que el espíritu nómada busca siempre regresar a sus orígenes... Enrico Mario Santí, en fin, con generosidad, aludió a mis escritos como una defensa de la poesía. Acepto sus palabras no como un juicio de valor sino como una definición: sí, me propuse defender la poesía y así quise ser fiel a mi tradición poética, en la que se entretejen continuamente el pensamiento y la inspiración, la crítica y la creación.

44

Los textos que hemos escuchado versan sobre dos libros, uno dedicado a la poesía: *La casa de la presencia* y otro dedicado a literaturas de lenguas extranjeras: *Excursiones e incursiones*. Se ha señalado la relación que hay entre mis ideas (sería excesivo llamarlas "teorías") y mi experiencia personal. En este sentido, más que una defensa de la poesía, como lo fue el gran ensayo de Shelley, diría que *El arco y la lira, Los hijos del limo* y *Poesía y fin de siglo* han sido una justificación de mi vida. Muy pronto, apenas comencé a escribir poemas, tuve que enfrentarme a mi tradición más inmediata (mis maestros y mis predecesores mexicanos), así como a la poesía escrita en lengua española. Esto me llevó a otro tema: la situación de la poesía de lengua española en la tradición de Occidente y, especialmente, en el mundo moderno. Dos parejas de términos contrarios y complementarios: tradición y universalidad, poesía y modernidad. Éstos son los temas centrales que inspiraron a los ensayos que componen *La casa de la presencia*.

En cuanto al otro tomo, *Excursiones e incursiones:* como su título lo dice, esos ensayos son crónicas de mis viajes en el territorio inmenso y cambiante de la poesía universal. Crónicas de mis descubrimientos y encuentros. Aunque he recorrido otras comarcas, el asunto central de este volumen es la poesía moderna. Mi interés por lo que hemos llamado *modernidad* y una de cuyas notas distintivas es la curiosidad, me llevó también a visitar otras tradiciones ajenas a la nuestra, como las de la India y el Extremo Oriente. Al hablar de literaturas de otras lenguas, evocamos una palabra y un concepto que es también característico de la modernidad: la traducción. Todas las civilizaciones han traducido pero ninguna lo ha hecho con la pasión extremada de la edad moderna. Nuestra época ha elevado

45

la traducción al rango de una actividad creadora. Para nosotros traducir es recrear. Baudelaire dijo que el poeta es el traductor universal. Veía al universo como un libro de signos misteriosos, como un bosque de símbolos que proferían "palabras confusas". Estas palabras son confusas porque ignoramos la clave para descifrar esa escritura que son los astros y los átomos, la materia animada y las células, el cuerpo y el espíritu. Cada obra literaria importante es, en este sentido, un desciframiento del mundo y del hombre.

En los últimos años se ha hablado mucho de la "identidad mexicana". Confieso que es una expresión que no me gusta; prefiero los viejos términos, como alma, carácter o genio. Identidad significa no solamente lo que es característico sino también aquello que es permanente; y nada hay más cambiante que el alma y el carácter de las naciones. Visto con un poco de atención, el carácter de México no es una esencia inmutable, sino que es el resultado de una serie de traducciones. Nuestras costumbres, mitos e ideas son traducciones, es decir, combinaciones y recreaciones de elementos distintos, casi todos ellos venidos del exterior: traducción del mundo precolombino al español y viceversa; traducción de la cultura moderna de Occidente a la cultura tradicional mexicana y viceversa; y así sucesivamente. Cada una de esas traducciones ha sido, a su vez, una creación. El resultado de esos cambios ha sido, en cada caso, distinto y único. Las fronteras entre traducción y creación son muy tenues. Toda auténtica traducción es una creación y en todas las creaciones encontramos también la traducción.

Y con esto termino. Muchas, muchas gracias.

Un espíritu universal

Danubio Torres Fierro

"Los americanos de habla española nacimos en un momento universal de España" —escribe Octavio Paz en las primeras páginas de *Generaciones y semblanzas,* el tercer tomo de sus *Obras completas* que será comentado esta noche por Alejandro Rossi. "La España que nos descubre, arguye Paz, no es la medieval sino la renacentista"; es decir, la que se recoge y se expresa en la obra de poetas como Góngora, Herrera y Garcilaso y la que se encabalga en ese fenómeno que se conoce en la historia bajo los términos de "individualismo renacentista". De ahí que, situados en la periferia del orbe hispánico —lo que se llamó "la nueva frontera"—, frente a un mundo de ruinas sin nombre y ante un paisaje también sin bautizar, los primeros poetas novohispanos aspiran a suprimir su posición marginal y su lejanía gracias a una forma universal que los haga contemporáneos, ya que no coetáneos, de sus maestros peninsulares. "Las raíces de nuestra poesía —sostiene Paz— son universales, como sus ideales", y a renglón seguido añade, para redondear su idea, que "a diferencia de todas las literaturas modernas, la nuestra no ha ido de lo regional a lo nacional y de éste a lo universal, sino a la inversa". Somos, entonces, los americanos, y desde el otro día de la conquista, hijos de esa modernidad universal que se inaugura indecisamente con el choque entre el Viejo y el Nuevo Mundo y que se desarrollará ya con entera decisión desde el siglo XVIII en adelante. Una modernidad universal la nuestra singular, excéntrica, incómoda y en permanente acomodo (o desacomodo, como ustedes prefieran), pero modernidad universal al fin. Me pareció pertinente recordar, aunque sea de paso, este *espíritu universal* que nos anima porque Octavio Paz es no sólo hijo de ese espíritu, sino acaso —junto con el nicaragüense Rubén Darío y el argentino Jorge Luis Borges— su encarnación más cumplida, su ilustración más alta. Las *Obras completas* que presentamos así lo prueban: están recorridas por una constante inclinación que lo lleva a preferir lo universal a lo local y el mundo a la aldea (sin menoscabo, por cierto, ni de lo local ni de la aldea) y a privilegiar la crítica sobre la complacencia y la heterodoxia sobre la ortodoxia como nuestras únicas tradiciones. Creo que el hecho de que Paz sea, a la vez, el resultado, la prolongación y la suma de ese *espíritu universal* nuestro es algo que debemos agradecerle de corazón los americanos. Nos enaltece a todos. Nos ayuda a ser y a hacer.

Borrador de un elogio

Alejandro Rossi

Es PARA mí un honor haber sido invitado a la presentación de las *Obras completas* de Octavio Paz. Estoy convencido de que se trata de un momento decisivo en la historia de nuestra literatura, una fiesta nada frecuente en las letras de lengua española. Celebro estar aquí. Me doy cuenta, por supuesto, de la equivocidad de la expresión "obras completas" en un escritor que no suelta la pluma y que está en continuo movimiento. Ya me parece ver el decimotercer tomo o quizá el decimocuarto si, como en las estrictas cenas protocolarias, se desea evitar ese número de tan mala fama. Habrá que decir, entonces, obras completas en aumento continuo, una suerte de contradicción que es, a la vez, una fortuna para los lectores. Pero en estas *Obras completas* hay otro rasgo más llamativo, más interesante, que no puedo pasar por alto: las obras serían ya utilísimas si fueran la simple reunión cronológica de los escritos de Octavio Paz, dispersos en numerosas ediciones y casas editoriales, pero en realidad son mucho más que la mera yuxtaposición: son la propuesta de una nueva lectura. El asunto, amigos, es emocionante: estamos ante un escritor que reflexiona sobre sí mismo y no sólo corrige aquí y allá, sino busca cuál es la coherencia interna de sus escritos y

49

establece, así, una secuencia nueva, una trama inédita, fija el orden de sus melodías y de sus apoyos teóricos. Con lo dicho se entenderá que la organización de los tomos y de sus índices equivale a un intenso ensayo crítico sobre el que sus comentaristas tendrán, de ahora en adelante, que reflexionar. En estas *Obras completas* Octavio Paz decide, contra el tiempo de la publicación, en favor de la ordenación ideal. Son y no son los mismos libros y en el caso, por ejemplo, del tercero nace, con textos publicados, un nuevo libro. Un pase de magia, una transformación: los objetos de la habitación son los mismos, pero su distinta colocación altera definitivamente el tono y el ambiente. En rigor, no es magia, es un acto de crítica creadora.

El volumen del que estoy encargado en esta mesa es, en efecto, el tercero: *Fundación y disidencia,* y lleva además un segundo título que centra el tema: *Dominio hispánico.* La composición, que me gustaría llamar *aparente,* se divide en una serie de ensayos críticos que van de 1961 a 1991 y de dos secciones sobre autores de lengua española no mexicanos. Entre ellas hay otra, más breve, también de ensayos y de reflexiones acerca de nuestras letras. Para terminar con esta rápida ficha diré que la mayoría de los escritores mencionados son contemporáneos, con la excepción de una brillante pieza cuyo título es una viva incitación: "Quevedo, Heráclito y algunos sonetos." La otra salvedad es Menéndez y Pelayo, esa selva erudita que los escritores de hoy, por desgracia, frecuentan poco. Hablé de composición *aparente,* y aun si nos quedáramos sólo en ella no es posible dejar de notar la variedad de autores a los que se acerca Octavio Paz, de Rubén Darío a Martínez Rivas, Jorge Luis Borges y también el extraño Antonio Porchia, Huidobro y Neruda, Ortega y Gasset y el escondido Cristóbal Serra. Hay, claro, muchos más, Alberti, Cernuda, Machado, Mutis, Onetti, Guillén y tantos otros. ¿Qué revela esta incesante atención a su circunstancia creativa? Generosidad, me parece, es la palabra clave, entendida como la aceptación profunda de que el escritor habita una casa común, vive con los otros y se beneficia de sus trabajos. Vista así, la generosidad es, desde luego, la virtud moral de un individuo, aunque habría que agregar que, al mismo tiempo, es una manera de habitar el mundo y, en el caso de Octavio Paz, una forma de comprender la literatura. Nada más lejano a él que la idea del escritor amputado o del poeta aislado, o de la variante ingenua del triste Narciso que cree haber inventado el universo en su espejito de bolsillo. Lo cual me lleva derecho a la que, por oposición, sería la composición *secreta* de este volumen. ¿Cuál es? ¿Cuál es el verdadero intento de Octavio Paz? Para mí es el siguiente: *la construcción de una tradición.* Nada menos. Y si quisiéramos ser más precisos habría que añadir: la construcción de la tradición de la poesía moderna que incluye, naturalmente, la poesía de lengua española. Sólo un irremediable despistado interpretaría lo anterior en el sentido de que Octavio Paz es, digamos, un "tradicionalista". Lo contrario es lo cierto: más bien un escritor enamorado de la modernidad ("la modernidad me acompaña desde que empecé a escribir", nos confiesa) que, sin embargo, acepta hacer las cuentas con una tradición múltiple:

La literatura moderna [escribe Octavio Paz] está hecha de sucesivas negaciones de la tradición; al mismo tiempo, cada una de esas negaciones perpetúa a esa misma tradición. Cada autor nuevo necesita, en algún momento, negar a sus predecesores: así los imita y los prolonga. Sobre, o más bien, debajo de esas rupturas, la tradición da continuidad y unidad a nuestra literatura. Aclaro: no anula su diversidad, la hace posible, la sustenta.

Se trata, precisamente, de lo que él ha bautizado, en otras ocasiones, como la tradición de la ruptura. Esto es lo que significa, según señalé hace unos momentos, habitar una casa común. Allí es donde Octavio Paz quiere poner orden, lo cual, en este volumen, supone reflexionar sobre qué sitio ocupan, cuáles son las familias literarias a las que pertenecen nuestros escritores sobresalientes. En el ámbito del idioma sí, pero igualmente en el horizonte de la literatura universal: se abren ventanas, se establecen relaciones, se descubren sorprendentes sistemas de asociaciones. De este modo se rompen —no es un mérito menor— injustas soledades históricas. Hablo de familias literarias porque es una tesis esencial de Octavio Paz: la ordenación literaria, la construcción, repito, de una tradición no se llevan acabo desde las nacionalidades o desde opacas clasificaciones sociológicas: lo que fundamentalmente hay que estudiar es el lenguaje, las afinidades estilísticas, la manera de enfrentarse a una tradición literaria, las mutuas fecundaciones, los sistemas de asociaciones. El mexicano López Velarde se acerca al argentino Lugones y éste al nicaragüense Darío y al francés Laforgue. Lo formula con claridad Octavio Paz: "No hay escuelas ni estilos nacionales; en cambio, hay familias, estirpes, tradiciones espirituales estéticas universales." Por eso agrega: "A veces sueño con una historia de la literatura hispanoamericana que nos contase la vasta y múltiple aventura, casi siempre clandestina, de unos cuantos espíritus en el espacio móvil del lenguaje." Es necesario ahora preguntar nuevamente: ¿cuáles son los conceptos mayores de la *composición secreta*, aquellos que permiten, justamente, la ordenación y construcción de la tradición? ¿Los que crean la fluidez entre las diversas partes del libro? A mi entender son dos: crítica y modernidad. Antes de continuar deseo aclarar que en Paz el término "crítica" no se confunde, para alivio de sus lectores, con alguna rimbombante teoría de exégesis literaria, llámese análisis lingüístico o gaseosos heideggerianismos a la moda o embrollados procedimientos semióticos. Si a lo mejor toma de uno y de otro alguna cosa, es para ponerlos al servicio, no sé cómo decirlo mejor, de su sensibilidad de artista. Lo que siempre *oímos* es la voz de un escritor, nunca la de un profesor más interesado en la teoría que en el texto, *oímos* la voz de un poeta-crítico que reacciona ante otro poeta como compañero de oficio en un diálogo de alta artesanía literaria. Me detendré —carezco del tiempo debido— apenas en dos acepciones de la palabra "crítica". Crítica no es únicamente un conjunto de juicios más o menos certeros sobre una obra. Es mucho más; escuchemos a Octavio Paz:

La misión de la crítica, claro está, no es inventar obras sino ponerlas en relación: disponerlas, descubrir su posición dentro del conjunto y de acuerdo con las predisposiciones y tendencias de cada una. En este sentido, la crítica tiene una función creadora: inventa una literatura (una perspectiva, un orden) a partir de las obras. Esto es lo que no ha hecho nuestra crítica.

Fíjense bien en lo que ha dicho: la crítica inventa una literatura. Es decir, su misión es descubrir las afinidades, las oposiciones, es la creadora de las "familias literarias", de la verdadera sociedad de las obras, más allá de naciones, terruños y cronologías. Los artistas crean las obras, el gran crítico la Ciudad Literaria. O si me permiten decirlo otra vez: construye una tradición. No en balde la primera palabra del título de este volumen es "Fundación". Pero el término "crítica" también lo usa Octavio Paz para señalar el rasgo ineludible del poeta moderno, el poeta-crítico, un estado espiritual que define la obra misma. Conciencia y crítica del lenguaje es la forma más concisa de expresarlo. Que conlleva la desconfianza ante la escritura directa, la dificultad de insertarse en la historia, los desdoblamientos del "yo", la fascinación por el acto mismo de la creación, la falta de fe ante el testimonio de los sentidos, la poesía de la fractura y —no es paradójico— el refugio en la eternidad del instante, "la eternidad en vilo" para decirlo con Jorge Guillén. Nada de esto es patético, son sencillamente algunos de los materiales de la literatura moderna. El moderno ya no es el poeta de la "inocencia del devenir", según la frase de Nietzsche, sino el poeta de la fractura. ¿La fractura producida por el conocimiento? No lo sé, en todo caso es asombroso advertir los puentes insospechados entre la literatura y la filosofía modernas. He enumerado algunos aspectos de la "conciencia moderna", aunque por supuesto hay otros que se refieren a los *procedimientos* de la modernidad estrictamente poética. Octavio Paz, para quien la modernidad es la luz directriz y el metro con el que construye la nueva tradición, nos descubre entre otros los siguientes: el lenguaje coloquial, la voz de la urbe, de la calle, del bar, de la conversación y la velocidad, la simultaneidad, la indeterminación, el humor. La "aspiración a lo blanco", añade con razón, ese vaivén entre afirmar y negar, el lenguaje que se devora a sí mismo. Todo esto más la apertura al mundo: cosmópolis. "Todos los grandes poetas modernos —escribe Paz— son cosmopolitas sin excluir a los de las civilizaciones marginales: Huidobro, Borges, Pessoa, Kavafis."

54

Crítica y modernidad son —imagino que ha quedado claro— los conceptos que arman la unidad del libro, sus temas centrales. Es necesario tenerlos presentes para comprender a fondo los análisis que Octavio Paz lleva a cabo de tantos poetas esenciales de nuestra poesía moderna. Comentarios que yo no puedo, en estas circunstancias, glosar como sería debido, tal es la variedad de observaciones y reacciones. Llamo la atención, sin embargo, acerca del ensayo dedicado a Rubén Darío, nuestro padre fundador. Es un trabajo —no regalo la palabra— extraordinario, mezcla de emoción y lucidez, un texto ejemplar que ilumina, yo diría, la historia de la poesía de lengua española en el siglo xx. Allí encontrarán los lectores esa milagrosa combinación de sabiduría artesanal y fuerza reflexiva que permite desplegar la visión del poeta. Dije la visión, no la filosofía del poeta. Son cosas muy distintas. Octavio Paz no le inventa filosofías inexistentes ni a Rubén Darío ni a Huidobro o Cernuda, pero tampoco reduce al poeta a un puro juego verbal, a una máquina de versificación. Siempre hay actitudes, preferencias, creencias, convicciones. Creo que la palabra "visión" expresa bien ese conglomerado de elementos más o menos difusos, muchas veces no expresados, que se encuentran en un escritor. Octavio Paz nunca lo deja a un lado, convencido de que el poeta también está en la historia, en la moral, en la política, en una determinada tradición intelectual, en los sueños de una época. Hombre entre los hombres, el poeta lleva a cuestas, como todos, visiones, precisamente, del mundo.

No quiero irme de estas páginas sin mencionar quizá lo más obvio. La prosa de Octavio Paz, tan límpida y tan tensa, prosa guerrera muchas veces, prosa que en una página transita de la tesis general al detalle íntimo y conmovedor. Prosa que no perdona al error, pero sí al hombre que lo cometió. Sobre todo, prosa inquisitiva, siempre en busca de algo, prosa de velocísimas asociaciones, como si tuviera la sensación de que no hay tiempo para decirlo todo, es decir, para relacionar. *Relacionar:* ésa es el alma de su prosa. El tiempo le ha concedido, así me lo parece, una gravedad prosódica mayor, que yo asocio a un temple más clásico. En fin, rozo apenas el territorio, a la espera del libro inteligente sobre la prosa de Octavio Paz, memorable como su poesía.

Las *Obras completas* prueban, aun para los más sordos, que Octavio Paz ha sido el máximo animador de nuestra república de las letras. Ha sido el gran escritor, de acuerdo, y también —aunque tal vez no le guste la palabra— nuestro pedagogo por excelencia: nos ha forzado a abandonar el barrio y su lunas caseras, nos ha colocado en la plaza del mundo, nos ha obligado a leer —desde un poeta chino a un soneto desatendido de Lope de Vega—, nos ha convencido de que el ombligo no es tan interesante, nos ha enseñado que la cautela es el peor aliado del escritor, que la libertad debe ser el pan nuestro de cada día, el alimento de la aventura artística. No queda más remedio, señoras y señores, que darle las gracias.

Confluencia del intelecto y la pasión

Hugo J. Verani

DESDE *El laberinto de la soledad* (1950) la figura de sor
Juana no cesa de atraer profundamente a Octavio Paz,
admiración creciente que culmina en 1982 con *Sor Juana
Inés de la Cruz o las trampas de la fe.* No es ésta la ocasión
para detenerse en un acercamiento crítico. Cualquier lector familiarizado con el libro sabe que intentar hacerlo en
cinco páginas sería una tarea inabarcable, más propia de
un personaje de Borges. La erudición y la penetrante lucidez de Paz, la amplitud de visión, el carácter interdisciplinario de su enfoque crítico y la riqueza de referencias
culturales no toleran simplificaciones. Recordemos aquí
que Paz reconstruye minuciosamente la situación históri-
co-social de la Nueva España a fines del siglo XVII, elabora
la biografía espiritual de sor Juana, sitúa su producción
literaria en el contexto de su época, la estética barroca y
el hermetismo neoplatónico, y muestra la originalidad de
su pensamiento y de sus mejores creaciones poéticas. Partiendo de circunstancias históricas se interesa en descifrar
el intrincado tejido de poderes en la sociedad novohis-
pana, desentrañar la contradictoria complejidad de Juana
Inés, revelar las causas que la llevaron a la corte y al convento, penetrar en su perturbadora y ambigua inclinación

amorosa e indagar en su situación personal, afectada por su doble condición de mujer y de religiosa en una sociedad dominada por prelados intolerantes que le negaban la posibilidad de la cultura. La escasez de noticias de la vida de Juana Inés y la distancia en el tiempo provocan la imaginación de Paz para construir relatos en torno de las intrigas eclesiásticas y los devaneos afectivos de la monja, enlazando en su argumentación la reflexión erudita con la imaginación creativa. Tal asedio implica lanzarse a lo desconocido, acechar en la tinieblas del conflicto interior de Juana Inés, vislumbrar destellos de su forma de pensar y de ser, sus desvelos, dudas y angustias, interrogar "la presencia inquietante del fantasma erótico", como apunta Paz, explorar sus transgresiones y las causas de sus desdichas. El resultado es una deslumbrante y renovada imagen de la figura de Juan Inés, vista como mujer, poeta e intelectual, de innegable actualidad.

Tras leer las 658 lúcidas y apasionadas páginas que Paz le dedica a sor Juana, corresponde al lector preguntarse: ¿qué genera su fascinación y la progresiva percepción afectiva? ¿Cuáles son las afinidades entre ambos? ¿Acaso un mexicano del siglo XX se reconoce en una monja de la Nueva España del siglo XVII? Naturalmente, Paz admira el talento de Juana Inés y le atrae el carácter enigmático de su vida. Sabemos, además, que le fascinan los poetas que a la vez son intelectuales, que reflexionan y que concilian la erudición y la voluntad creativa. Tres breves frases pueden encaminarnos. Una dice: "Desde el principio la curiosidad intelectual fue su gran pasión." Otra: "Con *Primero sueño* aparece una pasión nueva en la historia de nuestra poesía: el amor al saber." Y la tercera: "Su ideal de saber era polígrafo: quiso abarcar con cierta profundidad los temas y ciencias que formaban el núcleo de la cultura de su época." Sor Juana se interesaba en indagar en todos los campos del saber humano y procuraba integrar los dispares conocimientos de su tiempo, carácter interdisciplinario de su quehacer intelectual que la aparta de sus contemporáneos. Y que naturalmente la acerca a la visión del mundo de Paz, abierta a los estímulos culturales más disímiles, de la cual se desprende una marcada tendencia a integrar los diversos conocimientos humanos, a concebir el "universo como un vasto sistema de comunicaciones".

La convergencia entre los poetas señala una semejanza esencial de su temperamento: la poderosa inclinación a las letras, el ansia de conocer y de experimentar, la curiosidad enciclopédica. La obra de sor Juana, como la de Paz, es una confluencia excepcional de intelecto y de pasión, única en su siglo. Ambos trascienden los límites de su situación histórica, rompen con tradiciones nacionales y pertenecen a la literatura universal. Si *Primero sueño* lleva a sus últimas consecuencias la estética de su época y prefigura la tradición poética moderna, anticipando el poema filosófico extenso, motivado por el deseo de aprehender un absoluto, *Piedra de sol* y *Blanco* pertenecen a este linaje. En estos poemas, la actividad intelectual tiende a convertirse en imagen sensible que penetra la realidad. Por otra parte, sor Juana y Octavio Paz defienden la libertad del ser humano y transgreden ideologías autoritarias de su periodo histórico. La reflexión de Paz sobre la personalidad y la obra de Juana Inés se convierte así en un diálogo consigo mismo y con su tiempo, en una especulación que desborda los límites de la actividad crítica que se propone y que le permite explorar los territorios de su sensibilidad y de su imaginación, construir un espacio textual que refleja, como en *Las Meninas*, su propia imagen.

La seducción —palabra que Paz subraya— de la figura de Juana Inés lo atrapa y va más allá de afinidades culturales y de dimensiones eruditas. Escuchemos sus palabras: "Si hay un temperamento femenino, en el sentido más arrebatador de la palabra, ése es el de sor Juana. Su figura me fascina porque en ella, sin fundirse jamás del todo, se cruzan las oposiciones más extremas." Conviene no pasar por alto la atención prestada a la descripción que hace de su "boca sensual, carnosa" o de "la sensualidad de ese rostro distante", como se imagina a la solitaria monja en su celda-biblioteca, pues en Paz no se puede desligar el intelecto del erotismo, la erudición de la sensibilidad, la entrega apasionada a lo que está haciendo sin perder nunca la lucidez. Para Paz la indagación crítica, como la actividad poética, es una experiencia vital en la que participa la totalidad del ser.

La vida en el convento de San Jerónimo era la situación ideal para desarrollar una vocación humanística. En el claustro se le facilitaba a sor Juana la posibilidad de cultivar sus actividades literarias y mantener relaciones con el palacio virreinal, el centro cultural más importante al que tenía acceso la mujer. Como se sabe, las motivaciones y las consecuencias de su abandono de las letras y la crisis final de su vida han motivado múltiples y contradictorias interpretaciones. Paz polemiza con las conclusiones más arraigadas —llámense conversión espiritual, desengaño amoroso o narcisismo neurótico— planteando una alternativa, aunque hipotética, coherente con la situación de sor Juana: para él, la palabra clave es sometimiento, sumisión total a un poder eclesiástico que prohibía la disidencia. De ahí la importancia de la *Respuesta a sor Filotea de la Cruz*, memorable autobiografía en la cual la monja resume su vida entera inmersa en las letras humanas. Memorable no sólo por contar su refugio en los libros desde la niñez, sino, y especialmente, por documentar su defensa de la libertad de la mujer a estudiar y su derecho a participar en la cultura.

La celebridad y la superioridad intelectual de una monja literata debió de ser intolerable en aquel medio. La obra de sor Juana, comenta Paz, "nos dice algo, pero para entender ese algo debemos darnos cuenta de que es un decir rodeado de silencio: lo que no se puede decir". Lo que la monja no puede decir está determinado por "la presencia invisible de lectores terribles", por la ortodoxia eclesiástica y las convenciones autoritarias de la Nueva España. En cada época hay un código de lo decible y de lo indecible, que a menudo los escritores violan. ¿Ocurrió así con sor Juan y por eso padeció las acusaciones y desdichas del final de su vida? Sabemos que a los 25 años de monja sor Juana abdica al saber profano y promete nueva vida de auténtica religiosa. Paz pone de relieve el conflicto ideológico, "el proceso de intimidación sicológica y moral" de que fue víctima, la intolerancia y la misoginia de una sociedad que le exige renunciar a la gran pasión de su vida, las letras y el saber. Un mal común a todas las épocas es tender trampas al ser humano. En esto Paz es categórico: "las trampas de la fe" son el equivalente de las trampas de las sociedades dominadas por una ortodoxia ideológica, que prefiguran la situación del intelectual libre en el siglo XX.

Pocos libros son motivo de admiración; y menos son los que influyen en la historia cultural de una lengua. En este siglo y en nuestra lengua, *sor Juana Inés de la Cruz o las trampas de la fe* es uno de ellos.

La ciudad de la poesía mexicana

Guillermo Sheridan

SE HA hablado ya aquí de los tres primeros volúmenes de las *Obras completas* de Octavio Paz. Son libros que reúnen su poética, el primero, su ensayística sobre poesía mundial el segundo y sobre la hispánica el tercero. Me toca la suerte, y el desconcierto, de comentar la que en el cuarto volumen, con el título *Generaciones y semblanzas. Dominio mexicano,* recoge su tenaz dedicación a nuestras letras, y muy principalmente a su poesía.

Considero que es suerte para mí porque esa parte del paisaje es la que con mayor persistencia y atención recorro. La poesía de Paz es otra cosa y no es parte del paisaje; es un cuerpo y un espíritu que no se contempla ni se visita: vive en cada lector que en ella experimenta otra manera de tener corazón y cabeza, ojos y manos, otra manera de vivir la fraternidad consigo y con los otros.

La incomodidad viene de lo difícil que resulta levantar siquiera un somero esbozo de sus dimensiones: "Seis vistas de la poesía mexicana", la primera parte, contiene los panoramas que desde "Émula de la llama" de 1942 hasta "Antevíspera: *Taller*" de 1983 levantan la gran cartografía del país poético. La segunda, "Protagonistas y agonistas: poetas", son semblanzas de 10 que le precedieron, dos de su generación y 12 postreros, desde sor Juana hasta José Carlos Becerra. "Protagonistas y agonistas: narradores", va de Vasconcelos a Alejandro Rossi, pasando por Revueltas, Rulfo y Fuentes. Como la literatura sabe callar cuando comienza la música, el volumen cierra con hermosas evocaciones de Silvestre Revueltas y Carlos Chávez.

Pero el libro es, ante todo, un libro de crítica de poesía: no hay compendio más lúcido e importante de esta materia en nuestro país. Esto se debe a una necesidad fundamental de su autor: la de precisar, definir y hablar con un interlocutor que se llama la *poesía mexicana:* es decir, con esa variable del carácter nacional que, desde hace cinco siglos, se decanta y sedimenta en su poesía.

La intensa conversación que con ella sostiene Paz desde hace lustros es parte del complejo sistema de vasos comunicantes que rigen la actividad de un poeta moderno, pero también es una forma vicaria de legitimar su propia creación. Al hablar inteligentemente con la de sus predecesores, contemporáneos y herederos, Paz propicia que la poesía mexicana conviva en las palestras —mejor dicho: en las catacumbas— de otras culturas, tradiciones y tiempos. También, y de manera muy importante, con la poesía que él mismo escribe. La suma de su crítica posee una autosuficiente pertinencia, pero también es el continuo ensayo —como quieren los clásicos— que el autor hace de sí mismo y de su propia expresión. Así, su recorrido es paralelo: por el bosque de su tradición y por el árbol interior que habla consigo mismo, atento a sus semejantes. Pocas culturas tienen hoy este don singular: el de contar con un alto poeta que es, a la vez, la encarnación de una tradición poética y su más activo crítico.

Generaciones y semblanzas es un *baedecker* para conocer apropiadamente la mágica ciudad de la poesía mexicana, sus iglesias y palacios, sus puentes y sus plazas, así como los cafés, hospitales, cárceles y alcobas que dan forma a sus muros silábicos y sus calles metafóricas: urbe en la que 500 años suceden simultáneamente, urbe viva y fantasmal que flota sobre un país indiferente. Además del croquis de esa ciudad, el libro es un álbum de familia lleno de óleos y grabados, daguerrotipos y kodaks. Paz discute con las generaciones y dibuja las semblanzas: la avenida colonial de sor Juana y Ruiz de Alarcón, el gabinete de Altamirano, los solares de Othón, las pérgolas de Urbina y la cuenca enjuta de Díaz Mirón, el atrio lleno de vírgenes y meretrices de López Velarde, el jardín encantado de Tablada y la calle, luz y penumbra, de los Contemporáneos. Por esa calle llega al vecindario en el que él y su generación vivieron y desde el que él, más tarde, atisbará, por las goteras, a los poetas nacidos años después.

El inquilinato de Paz en esa ciudad tiene la exigente libertad de un peatón ávido y curioso que se ha ganado a pulso la propiedad sobre sus pasos. No se propone "crear una teoría o siquiera esbozar una historia de la literatura mexicana; estos ensayos —dice— son las huellas y los ecos de mis afinidades y mis diferencias, entusiasmos y curiosidades". Son, en una síntesis cabal del objeto de la crítica, lo que llama "ejercicios de entusiasmo". Curiosa frase: entusiasmo en disciplina, maridaje de placer y rigor, la subjetividad no como un límite, sino como un reto. Esta rara gimnasia de cautela y simpatía es la que hace legible la historia de una espiritualidad y, en haciéndolo, la civiliza y la politiza, acatando el principio baudeleaireano que señala que la crítica que quiere ser "justa, tener una razón de ser, debe ser parcial, apasionada, política" (*L'Art romantique*).

Los ensayos son un observatorio y un microscopio, y a

partir de los años treinta, cuando el crítico es además protagonista, un autorretrato. Son prevenciones contra la vulgarización, hilos no para encontrarse, sino para perderse en laberintos descubiertos por él, enumeraciones de tareas pendientes: parte de la historiografía, la crítica y la academia actual atiende sus sugerencias y glosa sus hallazgos. No todos lo reconocen y menos todavía imitan la puntería de su gusto, la hiperactividad de su erudición y su habilidad para fijar a la poesía en su entorno político y social sin crucificarla en el proceso. En una cultura crítica ducha para las sosas recompensas del lugar común, pocos le han aprendido cómo desmontarlo, cómo sacarle, primero, el jugo y, luego, la vuelta. Son los muchos "profesores de lenguas vivas" de la revista *Abroñigal Hispánico* que imaginó Cernuda. Su apartamiento de los sistemas profesorales reivindica a la crítica como *causerie* inteligente y la redime de ideolectos y desconstrucciones de *microchip*. Criticar es contestar con imaginación a la imaginación, jugar con las estrictas reglas de un juego que estimula la percepción y la coherencia. No hay tiempo para citar largo, pero cuando Paz propone, por ejemplo, que la poesía de Tablada es "concentrada como una hierba de olor", se escuchan cascarse los rocallosos cráneos académicos. No importa: ganan los lectores de Tablada. Hablar de poesía, para Paz, es pensar en poesía y sobre poesía con poesía: una analogía perfecta, un retrato preciso, una connotación sociopolítica relevante, la chispa de una breve poética, como cuando dice de pronto que una imagen "es una puerta que nos abre la comunicación con el instante"...

Muchas veces, Paz sembró en estos ensayos la semilla de árboles que luego adquirirían autonomía: en la "Introducción a la historia de la poesía mexicana" está la de *Las trampas de la fe;* en "Émula de la llama" se anuncia *El laberinto de la soledad;* en "El camino de la pasión" aparecen temas de *Los hijos del limo;* en "Estela de José Juan Tablada", atisbos de *El arco y la lira.* Él mismo es el mejor discípulo de su hallazgos, pero también el mejor crítico de sus fidelidades.

Es natural y honesto, en un repaso que cubre 50 años, que haya notas de pie que confiesan cambios de apreciación, arrepentimientos y alteraciones dictadas por la materia cambiante de la historia personal, del gusto y de la experiencia: nadie lee dos veces el mismo texto. Sólo quienes se apropian de sus ideas y hallazgos, petrifican como propios y hacen larga siesta con laureles ajenos.

Generaciones y semblanzas además repasa libros, figuras, ideas en la compañía de otros críticos que tercian en la discusión: Henríquez Ureña, Reyes, Cuesta, Villaurrutia. La sostenida defensa de la libertad del arte frente a las ideologías, las ideas sobre la tradición cosmopolita de nuestra poesía, que arranca y debate el concepto cuestiano del "desarraigo", son de las más insistentes. ¿Puede ser de otro modo en una cultura tan propensa a su propia mistificación, a la buena conciencia política, a la embriaguez de su singularidad? Nuestra poesía se debate secularmente en el conflicto de la nacionalidad y su consecuente ánimo propedéutico; los ensayos en los que Paz discute con Reyes, Castro Leal o Cuesta son determinantes para huir del *impasse* lastrado por la comodidad de su preservación y los múltiples réditos que derivan de explotarlo.

Termino. En "El lenguaje de López Velarde", un párrafo resume, y articula adecuadamente, lo que mis balbuceos han empañado:

La primera virtud de la poesía, tanto para el poeta, como para el lector, consiste en la revelación del propio ser. La conciencia de las palabras lleva a la conciencia de uno mismo: a conocerse, a reconocerse. Y ese mismo lenguaje, que es la única conciencia del poeta, lo impulsa fatalmente a convertirse en conciencia de su pueblo.

Si la poesía es la conciencia de un pueblo, la crítica de esa poesía es la conciencia de esa conciencia.

Dije antes que la ciudad de la poesía mexicana flota sobre un país indiferente. Paz, poeta que escribe poesía y sobre poesía, es piedra capital de esa ciudad etérea en la que se cimenta —sin que éste se percate— la conciencia de nuestro pueblo. Hay muchos para quienes esto significa poco, o nada. Pero en los momentos atribulados que vivimos la poesía es, de nuevo fatalmente, una de nuestras últimas, escasas certidumbres. Es urgente acudir a ella para recordar que existe la verdad. Para ello es puerta este libro maravilloso. Crucemos su umbral hacia la cofradía de los que escuchan la voz de la poesía, "la otra voz", la del "hombre que está dormido en el fondo de cada hombre".

El Museo de Octavio Paz

Teodoro González de León

EN EL aviso del primer tomo de *Los privilegios de la vista*, dedicado al arte moderno universal, Octavio Paz nos dice que desde muy joven sintió una invencible atracción por las artes plásticas; que ha escrito de ellas como un simple aficionado y nunca como un crítico profesional. Sin embargo, sus páginas responden a las preguntas que "oscuramente y sin formularlas del todo" nos hacemos muchos que lo hemos leído. Reúne textos escritos durante los últimos 35 años, de 1955 a 1990. No es mi intención hacer un juicio crítico de ellos: no soy crítico de arte ni tampoco escritor. Me limitaré a exponer brevemente la impresión que me ha causado verlos reunidos en un volumen.

He imaginado un museo; un museo con la colección de obras en las que Octavio Paz ha puesto su mirada descifradora y apasionada. Como todas las colecciones de todos los buenos museos, está regida por el azar y la preferencia; no es sistemática, ni tiene intenciones didácticas de construir teorías ni delinear historias. Al fin arquitecto, imaginé un museo real, una obra de arquitectura: un espacio que se envuelve y que se desenvuelve. No tengo muy precisa su ubicación pero sé que se encuentra en Mixcoac, o muy cerca. Se entra por una casa vieja del siglo

XIX muy sobria, casi sin estilo, de un solo piso, con un medio patio de los llamados de alcayata y corredor de un solo lado techado con un alero de vidrio. En ella se aloja el control de entrada, las oficinas de los directores y una primera sala que funciona como introducción al museo dedicada a Baudelaire. Es un espacio vacío en el que con proyecciones y videos se explica que "el pintor es aquel que traduce la palabra en imágenes plásticas y el crítico es el poeta que traduce en palabras las líneas y los colores". Con proyecciones de la obra de Delacroix se insiste en que lo "digno de verse no es ni el asunto ni el objeto representado, sino la pintura misma, aunque invariablemente y necesariamente en relación con aquello que representa". Cuando el visitante abandona esta sala ya sabe que, a partir de Baudelaire, "los colores y las líneas cesan de servir a la representación y aspiran a significar por sí mismos. La pintura no teje una presencia: ella misma es presencia". La manera de ver la pintura, el arte, ha cambiado, y en consecuencia la manera de concebirla, es decir, la pintura misma: y se anuncia el arte moderno.

De la sala de introducción se pasa a un edificio moderno construido en un gran baldío que está atrás de la vieja casa, en lo que eran las antiguas huertas. Tiene siete salas concebidas como volúmenes independientes, de forma y tamaño diferentes. Crean un ensamblaje de volúmenes distintos alrededor de un patio cubierto con cristal. El patio es vestíbulo y distribuidor. El recorrido se inicia a la izquierda con una pequeña sala que se llama El Pensamiento en Blanco, dedicada al arte tántrico. En ella Octavio Paz nos revela las afinidades de ese arte con el moderno y a su vez su radical diferencia: es imposible traducir al lenguaje verbal un cuadro moderno, no lo es traducir una obra tántrica. "A la inversa de lo que ocurre con la pintura moderna, que es (o pretende ser) un lenguaje que no expresa sino la pintura misma, las obras tántricas son el vehículo de un sistema ya constituido y al que nada puede agregarse." La siguiente es una sala también pequeña, cilíndrica y muy extraña en la que Octavio Paz contrapone objetos de diseño industrial con otros de manufactura artesanal. Se llama El Uso y la Contemplación. Una ficha de una jarra artesanal me sorprende: "El arte es una transgresión de la funcionalidad." Al salir me entran dudas de si todos los objetos de uso, artesanales o producidos de manera industrial, son igualmente efímeros.

Salimos al patio y vemos dos esculturas de Chillida: dos "peines de viento". Enfrente se halla un volumen pequeño, parcialmente oculto, que aloja la sala dedicada a Picasso. Paz lo presenta como la "figura representativa de una sociedad que detesta la representación, y mejor dicho: prefiere reconocerse en las representaciones que la desfiguran". Vemos tres cuadros: un Taller de pintor con caballete y modelo desnuda; un Torero y un Saltimbanqui. En la salida Paz hace el paralelo con Lope de Vega; establece las afinidades de esos dos monstruos: fecundos en abundancia y en variedad, "en los dos su obra está tatuada por las pasiones pero su elaboración fue siempre artística: no es confesión sentimental", nos dice certeramente.

En contraste, la sala que sigue es muy grande: es un cubo que aloja un espacio de doble altura y es muy importante para el público mexicano: aloja dos siglos de pintura norteamericana. Digo que es importante porque mucha gente en nuestro país desconoce su existencia: cree que la pintura de Norteamérica se inicia con el expresionismo abstracto de los años cincuenta. Me detengo en Catlin, el pintor aventurero que retrató a los indios y el paisaje salvaje del Lejano Oeste, que sorprendió a Baudelaire. Pienso que no tuvimos nada semejante en México, en el siglo pasado, alguien que dejara pintura y testimonio de nuestras etnias y su entorno, como lo hizo Catlin. Octavio Paz nos conduce por los paisajistas heroicos y románticos, por los realistas, los impresionistas verdaderos; se detiene en ese artista de la soledad urbana, inclasificable, que es Hopper y nos lleva a la pintura moderna que conoce y palpa con exactitud. En la salida, al fondo de la sala hay un espacio separado dedicado a los hispanos de los Estados Unidos. En realidad está dedicado al extraño y sorprendente autista-paranoico-esquizofrénico Martín Ramírez y sus túneles metafísicos. Paz lo hermana con el loco victoriano Richard Dadd. Es una conexión insólita y afortunada.

La quinta sala es la más grande del museo. Es un enorme tetraedro con espacios de doble altura y un mezzanine. Sé que muchos la van a evadir, allá ellos. Está dedicada a Marcel Duchamp y al desciframiento de su obra. Se llama La Apariencia Desnuda y es un trabajo capital para la comprensión del arte moderno. En el espacio de doble altura se encuentran el gran vidrio, las cajas y las obras relacionadas con él; abajo del mezzanine el ensamblaje *Dados: 1º La cascada; 2º El gas de alumbrado* y, en la parte superior, las primeras obras y los *ready-mades,* esos "aseos intelectuales"; "puntapiés al objeto de arte" para colocar en su lugar a la cosa anónima que es de todos y es de nadie. Pero no es un museo como el de Filadelfia: las piezas están acompañadas por diagramas y videos con el alucinante desciframiento poético de Octavio Paz. Desciframiento de un enigma plástico que al fin se disuelve. Análisis, investigación, juego e invención de un objeto que quiere no ser objeto y que es también producto del azar y del accidente. Precediendo al ensamblaje, que nos obliga a espiar, a convertirnos en *voyeurs,* se encuentra una pequeña sección de anamorfosis y juegos ópticos (extraña preocupación de Paz que comparto). La sala termina con un elogio al escepticismo de Duchamp: aceptó, con libertad de espíritu, los poderes de lo desconocido y la intervención del azar; el azar máscara del absoluto. Salgo de la sala con una gran duda: a fin de siglo, todas las obras de Duchamp se han convertido en objetos sagrados del arte moderno, incluso los *ready-mades*. ¿No pretendían lo contrario? Pero nos quedan las 100 páginas de iluminación de Octavio Paz: es suficiente.

La siguiente sala es totalmente heterogénea; se llama Corriente Alterna y es un remanso después de la tensión que nos provocó la sala anterior. Se inicia con una pequeña naturaleza muerta de Chardin. Su ficha dice: "Nos servimos de los colores pero pintamos con los sentimientos." Sigue un cuadro de Munch; es una muy buena copia de *El grito,* el que acaba de ser robado en Oslo. Dice Octavio Paz: "Nada de lo que han hecho los pintores contemporáneos, por ejemplo Edward Hopper (yo diría con excepción de), tiene la desolación y la angustia de esa obra. Es un grito que oímos no con los oídos sino con los ojos y con el alma." Junto se encuentra un ejemplar de su tratado "El azar en la creación artística", donde analiza las manchas en la pintura, 50 años antes de Pollock. Siguen cuadros de Paalen, Remedios Varo, Yunkers, Baj, Szyzslo (de la primera época, no de la actual) y de Valerio Adami, el gran amigo. Dice Octavio: "Adami... no pinta desconocidos; pinta lo desconocido que se esconde en cada uno de nosotros. En realidad no lo pinta, sería imposible: lo señala." En un rincón se ha reconstruido la biblioteca del pequeño departamento de Paul Éluard en el que vivió un tiempo Octavio Paz. Se exhiben dos ampliaciones de sendas fotos que él descubrió de Nush Éluard y Jacqueline

Breton en *topless* y los dibujos y grabados, misteriosos e iluminados, de ese desconocido artista, amigo de Baudelaire, Rodolphe Bresdin.

Un túnel permite acceder a la última sala sin necesidad de salir al patio. En realidad el túnel es un ciclorama, una pantalla curva que recibe de atrás proyecciones que nos envuelven. Se exhibe el film de Robert Gardner sobre la sociedad "hamar"; alucinante trabajo etnológico y poético. Cuando acaba se proyectan imágenes (de la fe) de iglesias mexicanas tomadas por Porter y Auerbach.

La última sala no es muy grande pero seguramente es la más bella. Se titula Tributos y contiene una serie de enormes composiciones tipográficas realizadas en serigrafía por Vicente Rojo de 19 poemas que Octavio Paz dedicó a diferentes artistas. Algunas de ellas están acompañadas de los cuadros originales que los artistas dedicaron al poeta. Me detengo brevemente en alguien que casi nadie conoce: Josef Šíma (Šíma / siembra una piedra / en el aire).

Algunos comentarios

Octavio Paz

DESPUÉS de haber oído lo que hemos oído, debería quedarme callado. Pero voy a olvidar por un momento que el objeto de los textos que se han leído aquí han sido mis obras y diré que me conquistaron inmediatamente por su penetración, su agudeza y su aseo intelectual. Desde hace mucho admiro la prosa de Alejandro Rossi y también desde hace mucho leo los ensayos críticos de Guillermo Sheridan y de Hugo Verani. Pero no sabía que Teodoro González de León, además de ser un notable arquitecto, es también un escritor muy ingenioso.

Rossi nos mostró, una vez más, que la elegancia no está reñida con la profundidad. Nos dijo algo muy cierto: la función del poeta que se arriesga a la crítica —y en la edad moderna, desde el periodo simbolista, hay varios ejemplos notables de poetas que han corrido ese riesgo— consiste en construir una tradición a través del descubrimiento y la comparación de ciertas obras. Cada generación inventa su tradición. Yo no fui ajeno a esa tentación y lo que he escrito puede verse como la búsqueda —¿la invención?— de una tradición. Sin embargo, quizá la palabra *construcción* sea excesiva: mi tentativa ha sido más modesta. Creo que, sin darme cuenta exactamente de lo que hacía, in-

74

tenté trazar un camino, una pequeña senda. Cuando pienso en mi obra crítica, la veo como un lugar de tránsito. A veces, en los momentos afortunados, como un lugar de cruce.

Guillermo Sheridan coincidió en cierto modo con Alejandro Rossi, aunque no habló de construir una tradición sino una ciudad. La literatura mexicana es esa ciudad ideal y yo soy uno de sus albañiles y maestros de obras. En los siglos XVI y XVII abundaban en esa ciudad los palacios y los conventos con celdas equívocas (celdas-bibliotecas y celdas-tertulias). Después, las casas y edificios levantados penosamente en el turbulento siglo XIX. Algunos se quedaron sin terminar y otros ya se han desmoronado. El modernismo levantó casas más sólidas, y elegantes: la de Díaz Mirón, con una terraza al mar bullente, en la que el poeta escribe un poema, a la hora en que desaparece en el horizonte Lucifer; la buhardilla, amueblada con un gusto a la vez insólito e ingenuo, en la que Gutiérrez Nájera, a la luz de una bujía parpadeante, escribe febrilmente mientras dormita a su lado, envuelta en un chal y recostada en una *chaise-longue,* una forma femenina; el rancho de San Luis Potosí, cielo inmenso, montañas hoscas y un llano inhóspito: Othón relee con satisfacción amarga uno de los sonetos del *Idilio salvaje* y revive la imagen de una india brava que se pierde en la lejanía a la luz última del sol. Los fundadores de nuestra modernidad fueron jardineros, arquitectos y constructores de miradores, atalayas y puentes. Tablada se atrevió a salir y nos abrió las puertas del mundo; López Velarde nos abrió las puertas que dan al interior de nosotros mismos; entre ellos, sonriente, el poeta Alfonso Reyes, todavía mal leído y probablemente el más universal de los tres. Más cerca: Pellicer, pintor de palabras, rey de una juguetería prodigiosa: nubes, olas, aviones, colinas, ceibas, caimanes. Y los otros dos, más cerca de mí: Gorostiza y su templo de estalactitas, Villaurrutia y su plaza solitaria, en cuyo centro arde una columna de mercurio. Nombres, ecos, reflejos, sombras, resplandores. Y más cerca aún, mis contemporáneos y los que vinieron después de mí. Entre ellos veo a dos que me escuchan con una sonrisa: Eduardo Lizalde, plantado en el lenguaje como un alto pino, y Marco Antonio Montes de Oca, al que me tocó en suerte saludar, hace ya 40 años, cuando apareció en el cielo de la poesía mexicana como un extraño cometa.

Hugo Verani se refirió sobre todo a sor Juana. Si pensamos en la poesía mexicana como en una gran casa, con un inmenso salón, el lugar central de ese salón es el retrato de una hermosa mujer: sor Juana Inés de la Cruz. En cuanto nos acercamos al retrato, la imagen desaparece. El retrato se convierte en un espejo; al interrogarlo, el espejo no nos devuelve rostro alguno. Sor Juana o la gran interrogación que nos hace el siglo XVII, el siglo del nacimiento de nuestra poesía, a nosotros los poetas del siglo XX: ¿hemos sido dignos? Yo creo que sí... Y ya que hablo de sor Juana, quiero agregar que en la tercera edición de mi libro se incluye un documento, descubierto por el padre Aureliano Tapia. Ese documento es una carta y esa carta es una prueba de que la lucha entre sor Juana y los prelados que la rodeaban no fue la invención de un jacobino del siglo XX, sino una realidad histórica.

¿Qué decir del museo imaginario que ha inventado Teodoro González de León? Su idea me ha maravillado y su ejecución, es decir, su prosa, me ha sorprendido y encantado. La última palabra es particularmente exacta; digo *encantado* en el sentido profundo de la palabra: aquello que nos hechiza y nos arrebata. Es maravilloso *leer* un museo como lo es *oír* un edificio. González de León resucitó esta noche el arte admirable de las correspondencias.

Me parece ocioso agregar algo más. Les doy a todos las gracias.

Índice

Este libro se terminó de imprimir y encuadernar
en el mes de noviembre de 1994 en los talleres
de Impresora y Encuadernadora Progreso, S. A.
de C. V. (IEPSA), Calz. de San Lorenzo, 244; 09830
México, D. F. Se tiraron 2 000 ejemplares.